自由行一本就夠

旅遊日語

U0108642

前言

　　中日兩國是一衣帶水的鄰居，日本獨特的文化、美麗的自然風景、質優價廉的商品和良好的購物環境，尤其是近兩年來對日匯率的持續走低，吸引著越來越多的中國遊客赴日旅遊。據不完全統計，2014 年全年赴日旅遊的中國人已經達到 220 萬人次，接近 2013 年的一倍。無論是跟團旅遊還是家人朋友自己出行，如果您會一些簡單的日常用語，多看、多聽、多説、多感受，便能更直接、全面、多方位地了解日本，也會使整個旅行更加方便、愉悅。

　　《旅遊日語・自由行一本就夠》正是為不懂日語或有一定日語基礎的讀者量身打造的實用旅遊書。本書提供讀者最實用的內容，希望讀者能借助本書開口説日語，並能在日本進行簡單的日常交流。

　　本書共分為九個單元，包括社交、問候與打招呼、餐廳就餐、購物、交通、通訊、旅遊與興趣、遇到困擾、感情意見的表達與溝通等。每個單元又細分為不同實用場景，如第四單元購物部分，分為在銀行、商店街、服裝店、電器店、藥妝店、超市，以及詢問價格、退換商品等場景。

每個單元包括三大部分：

· 場景單句：每個場景下均有 10 句以上最常用、最實用的情景句，採用中日對照的形式，所有句子均給出漢字、平假名注音及羅馬音，部分句子後還列舉了多個在該場景下可能用到的可替換單詞，讓您能夠隨心套用，找到最符合自己需求的會話，自如應對各種狀況。

· 實用會話：每單元的最前面配有兩段自然、地道的會話，模擬各種場景，使讀者如臨其境，將所學語句融會貫通。

· 日本文化知識介紹：該部分精選了九大主題，包括日本的洗手間、鞠躬文化、就餐禮儀、在日血拼技巧、櫻花前線、日本的節日及主要景點、日本的酒店及旅館、手信、溫泉文化。該部分基於筆者赴日留學親身體驗總結而成，讓您更全面地體驗日本風情、了解日本文化。

　　最後附錄部分介紹了日本的交通狀況、日本旅遊實用小貼士，並附有數字、時間、日期的表達方式，方便您隨時查閱。

本書有四大特色：

· 全書單詞、例句、會話均配有假名及羅馬音，十分適合初學者。
· 單詞、單句、會話場景分類詳細、實用；部分單句後配有多個可替換單詞，讓您舉一反三，自如應對各種狀況。
· 每個單元都附有日本文化知識及旅遊介紹，圖文並茂，讓您更全面、直接地了解日本文化。
· 全書均配有日本人原聲朗讀，讓您如臨其境，掌握地道發音。

　　因編者水平有限，錯謬之處，還請讀者同仁不吝指教。
　　感謝本書的其他編寫人員趙蕊、周立明、田勸珍、周影、田莎莎、周花芳、米馬記、鍾小春等。最後衷心希望本書能夠為大家赴日旅遊提供便利！

編者
2015 年 4 月

目錄

第四單元 ▶ 逛街購物

第五單元 ▶ 交通出行

第六單元 ▶ 通訊聯絡

第七單元 ▶ 出行遊玩

第八單元 ▶ 遇到困擾

第九單元 ▶ 情感表達

1 日語簡介

　　在古代，日本民族只有自己的語言，而沒有自己的文字。後來，漢文化傳入了日本，慢慢地，日本人開始用漢字作為表音符號來書寫日語，日本古代著名的詩歌集《萬葉集》就是採用了這種書寫方法，所以這種書寫方法後來被稱為「萬葉假名」。

　　但是，用漢字來表示日語太複雜了。後來，日本人慢慢將它簡化，只寫漢字楷書的偏旁，如「阿」簡化成「ア」，「伊」簡化成「イ」，「宇」簡化成「ウ」等。

　　另外，他們將柔和的漢字草書也進行了簡化和改造，如草寫的「安」變成了「あ」「宇」變成了「う」等。這種字體簡練流暢、自由灑脱，在當時常用來書寫和歌、書信和小説等。

　　就這樣，日本民族終於利用漢字創造了自己的文字。由於這些文字都是從漢字字形假借而來的，所以叫作「假名」。根據假名的書寫方法不同，由漢字楷書偏旁簡化而來的，叫作「片假名」（かたかな）；從漢字草書演變而來的，則叫作「平假名」（ひらがな）。

　　平假名和片假名都是以漢字為基礎創造的表音文字，一般的書寫和印刷都是用平假名，片假名則通常用來表示外來語和一些特殊詞匯。

五十音圖

假名中最基礎的就是「五十音圖」中的「五十音」，不少原來想自學日語的朋友就是被它擋在了門外。不要看它們很多，就被嚇住了。其實，它們是有規律的。每五個假名一行，一共是十行。下面我們來看看「五十音圖」的羅馬音對照表。

	あ段	い段	う段	え段	お段
あ行	あ a	い i	う u	え e	お o
か行	か ka	き ki	く ku	け ke	こ ko
さ行	さ sa	し si	す su	せ se	そ so
た行	た ta	ち ti	つ tu	て te	と to
な行	な na	に ni	ぬ nu	ね ne	の no
は行	は ha	ひ hi	ふ hu	へ he	ほ ho
ま行	ま ma	み mi	む mu	め me	も mo
や行	や ya	(い i)	ゆ yu	(え e)	よ yo
ら行	ら ra	り ri	る ru	れ re	ろ ro
わ行	わ wa	(い i)	(う u)	(え e)	を wo
	ん n				

001

	ア段	イ段	ウ段	エ段	オ段
ア行	ア a	イ i	ウ u	エ e	オ o
カ行	カ ka	キ ki	ク ku	ケ ke	コ ko
サ行	サ sa	シ si	ス su	セ se	ソ so
タ行	タ ta	チ ti	ツ tu	テ te	ト to
ナ行	ナ na	ニ ni	ヌ nu	ネ ne	ノ no
ハ行	ハ ha	ヒ hi	フ hu	ヘ he	ホ ho
マ行	マ ma	ミ mi	ム mu	メ me	モ mo
ヤ行	ヤ ya	(イ i)	ユ yu	(エ e)	ヨ yo
ラ行	ラ ra	リ ri	ル ru	レ re	ロ ro
ワ行	ワ wa	(イ i)	(ウ u)	(エ e)	ヲ wo
	ン n				

下面我們來具體學習「五十音圖」每一個假名的發音。

あ 行

平假名	片假名	發音方法
あ	ア	發音時，嘴巴張開較大，舌頭位置放得很低。震動聲帶，發出的聲音十分洪亮。與漢語的「啊」發音相似。
い	イ	發音時，嘴唇略放鬆，向左右稍微咧開。前舌隆起，舌尖用力抵住下齒。震動聲帶，發出的聲音比較尖。與漢語的「伊」發音相似。
う	ウ	發音時，嘴巴自然微張，嘴角向左右微拉。舌頭後部抬起，接近軟齶。震動聲帶，發出的聲音較弱。與漢語的「烏」發音相似。
え	エ	發音時，嘴唇稍微向左右方向咧開，口形介於「あ」與「い」之間。舌尖抵住下齒，舌面抬起。震動聲帶，聲音緊張。
お	オ	發音時，嘴唇略成圓形，口形的大小介於「あ」與「う」之間。舌頭後部稍微向後縮。震動聲帶，聲音圓渾。與漢語的「哦」發音相似。

單 詞 發 音 練 習

日語	あい 愛	うえ いくら	うえ 上	エア	おく 奥さん
羅馬音	ai	ikura	ue	ea	okusan
含義	愛	多少錢	上面	空氣	夫人

か 行

平假名	片假名	發音方法
か	カ	「か」由輔音「k」與元音「a」拼合而成。發音時，舌根緊貼軟齶，然後再很快離開，一股氣流衝出口腔，聲帶不震動。與漢語的「咖」發音相似。
き	キ	「き」由輔音「k」與元音「i」拼合而成。發音時，舌根緊貼軟齶，然後再很快離開，一股氣流衝出口腔，聲帶不震動。
く	ク	「く」由輔音「k」與元音「u」拼合而成。發音時，舌根貼近軟齶，然後再很快離開，一股氣流衝出口腔，聲帶不震動。與漢語的「枯」發音相似。
け	ケ	「け」由輔音「k」與元音「e」拼合而成。發音時，舌根緊貼軟齶，然後再很快離開，一股氣流衝出口腔，聲帶不震動。
こ	コ	「こ」由輔音「k」與元音「o」拼合而成。發音時，舌根緊貼軟齶，然後再很快離開，一股氣流衝出口腔，聲帶不震動。

單 詞 發 音 練 習

日語	かれ 彼	きのう 昨日	くつ 靴	けしき 景色	こころ 心
羅馬音	ka re	ki no u	ku tsu	ke shi ki	ko ko ro
含義	他	昨天	鞋子	景色	心

さ 行

平假名	片假名	發音方法
さ	サ	「さ」由輔音「s」與元音「a」拼合而成。發音時，舌尖位於上齒齦內側，形成細縫，氣流從舌齒的細縫中流出，聲帶不震動。與漢語的「撒」（第一聲）發音相似。
し	シ	「し」由輔音「s」與元音「i」拼合而成。發音時，嘴唇稍微向前伸。舌面隆起，接近上顎。氣流從舌面和上顎之間流出，聲帶不震動。與漢語的「西」發音相似。
す	ス	「す」由輔音「s」與元音「u」拼合而成。發音時，舌尖位於上齒齦內側，形成細縫，氣流從舌齒的細縫中流出，聲帶不震動。漢語中沒有類似的發音，跟「絲」有點像。
せ	セ	「せ」由輔音「s」與元音「e」拼合而成。發音時，舌尖位於上齒齦內側，形成細縫，氣流從舌齒的細縫中流出，聲帶不震動。
そ	ソ	「そ」由輔音「s」與元音「o」拼合而成。發音時，舌尖位於上齒齦內側，形成細縫，氣流從舌齒的細縫中流出，聲帶不震動。

單 詞 發 音 練 習

日語	さいご 最後	しんぶん 新聞	すし 寿司	せんせい 先生	そ ふ 祖父
羅馬音	sa i go	sin bun	su si	sen sei	so hu
含義	最後	報紙	壽司	老師	祖父

た 行

平假名	片假名	發音方法
た	タ	「た」由輔音「t」和元音「a」拼合而成。發音時，舌尖抵住上齒齦，形成阻塞，氣流從當中流出，聲帶不震動。與漢語「它」的發音相似。
ち	チ	發音時，舌尖抵住下齒。前舌面抵住上齶，形成阻塞，氣流從當中流出，聲帶不震動。與漢語的「七」發音相似。
つ	ツ	發音時，舌尖抵住上齒齦，形成阻塞，氣流從舌尖和上齒齦的縫隙中流出，聲帶不震動。漢語中沒有類似的發音，跟「疵」有點像。
て	テ	「て」由輔音「t」與元音「e」拼合而成。發音時，舌尖抵住上齒齦，形成阻塞，氣流從當中流出，聲帶不震動。
と	ト	「と」由輔音「t」與元音「o」拼合而成。發音時，舌尖位於上齒齦內側，形成細縫，氣流從舌齒的細縫中流出，聲帶不震動。

單 詞 發 音 練 習

日語	た食べる	ちしき知識	つま妻	て手	ともだち友達
羅馬音	ta be ru	ti si ki	tu ma	te	to mo da ti
含義	吃	知識	妻子	手	朋友

な 行

平假名	片假名	發音方法
な	ナ	「な」由輔音「n」與元音「a」拼合而成。發音時，舌尖抵住上齒齦，前舌面貼住上顎，形成阻塞，氣流從鼻腔流出，震動聲帶。發音類似漢語的「那」。
に	ニ	「に」由輔音「n」與元音「i」拼合而成。發音時，中舌面抵住上顎，形成阻塞，氣流從鼻腔流出，震動聲帶。與漢語的「妮」發音相似。
ぬ	ヌ	「ぬ」由輔音「n」與元音「u」拼合而成。發音時，舌尖抵住上齒齦，前舌面貼住上顎，形成阻塞，氣流從鼻腔流出，震動聲帶。發音類似漢語的「奴」。
ね	ネ	「ね」由輔音「n」與元音「e」拼合而成。發音時，舌尖抵住上齒齦，前舌面貼住上顎，形成阻塞，氣流從鼻腔流出，震動聲帶。
の	ノ	「の」由輔音「n」與元音「o」拼合而成。發音時，舌尖抵住上齒齦，前舌面貼住上顎，形成阻塞，氣流從鼻腔流出，震動聲帶。

單 詞 發 音 練 習

日語	な ま え 名前	にい 兄さん	きぬ 絹	ね 寝る	の 飲む
羅馬音	na ma e	nii san	ki nu	ne ru	no mu
含義	名字	哥哥	絲綢	睡覺	喝

は 行

平假名	片假名	發音方法
は	ハ	「は」由輔音「h」與元音「a」拼合而成。發音時，嘴巴自然張開，舌頭放平，氣流從舌根和軟齶之間流出，聲帶不震動。與漢語的「哈」發音相似。
ひ	ヒ	「ひ」由輔音「h」與元音「i」拼合而成。發音時，嘴巴微張，向左右稍微咧開。舌面隆起，接近上齶。氣流從舌面與上齶之間流出，聲帶不震動。
ふ	フ	發音時，雙唇自然微張，上齒接近下唇，氣流從雙唇的縫隙中流出，聲帶不震動。與漢語的「夫」有點相似。
へ	ヘ	「へ」由輔音「h」與元音「e」拼合而成。發音時，嘴巴自然張開，舌頭放平，氣流從舌根和軟齶之間流出，聲帶不震動。
ほ	ホ	「ほ」由輔音「h」與元音「o」拼合而成。發音時，嘴巴自然張開，舌頭放平，氣流從舌根和軟齶之間流出，聲帶不震動。

單 詞 發 音 練 習

日語	はじ 始まる	ひと 人	ふゆ 冬	へ や 部屋	ほうほう 方法
羅馬音	ha zi ma ru	hi to	fu yu	he ya	hou hou
含義	開始	人	冬天	房間	方法

ま 行

平假名	片假名	發音方法
ま	マ	「ま」由輔音「m」與元音「a」拼合而成。發音時，雙唇閉緊，形成阻塞，舌頭保持自然，氣流從鼻腔流出，震動聲帶。與漢語的「嗎」發音相似。
み	ミ	「み」由輔音「m」與元音「i」拼合而成。發音時，雙唇閉緊，形成阻塞，舌頭保持自然，氣流從鼻腔流出，震動聲帶。與漢語的「咪」發音相似。
む	ム	「む」由輔音「m」與元音「u」拼合而成。發音時，雙唇閉緊，形成阻塞，舌頭保持自然，氣流從鼻腔流出，震動聲帶。發音類似漢語的「木」。
め	メ	「め」由輔音「m」與元音「e」拼合而成。發音時，雙唇閉緊，形成阻塞，舌頭保持自然，氣流從鼻腔流出，震動聲帶。
も	モ	「も」由輔音「m」與元音「o」拼合而成。發音時，雙唇閉緊，形成阻塞，舌頭保持自然，氣流從鼻腔流出，震動聲帶。

單 詞 發 音 練 習

日語	まえ 前	みみ 耳	むすこ 息子	あめ 雨	もの 物
羅馬音	ma e	mi mi	mu su ko	a me	mo no
含義	前面	耳朵	兒子	雨	東西

や 行

平假名	片假名	發音方法
や	ヤ	「や」由元音「i」與「a」複合而成，「i」的音發得輕一些。發音時，舌面隆起，接近上齶，氣流從舌面與上齶的縫隙中流出，震動聲帶。與漢語的「呀」發音相似。
ゆ	ユ	「ゆ」由元音「i」與「u」複合而成，「i」的音發得輕一些。發音時，嘴巴自然微張，舌尖接近下齒，舌面稍微隆起。
よ	ヨ	「よ」由元音「i」與「o」複合而成，「i」的音發得輕一些。發音時，舌尖接近下齒，舌面稍微隆起，震動聲帶。與漢語的「喲」發音相似。

單 詞 發 音 練 習

日語	<ruby>休<rt>やす</rt></ruby>み	<ruby>郵 便 局<rt>ゆう びん きょく</rt></ruby>	<ruby>読<rt>よ</rt></ruby>む
羅馬音	ya su mi	yuu bin kyo ku	yo mu
含義	休息	郵局	讀

ら 行

平假名	片假名	發音方法
ら	ラ	「ら」由輔音「r」與元音「a」拼合而成。發音時，舌尖抵住上齒齦，再迅速彈開，震動聲帶。與漢語「拉」的發音相似。
り	リ	「り」由輔音「r」與元音「i」拼合而成。發音時，舌尖抵住上齒齦，再迅速彈開，震動聲帶。與漢語「哩」的發音相似。
る	ル	「る」由輔音「r」與元音「u」拼合而成。發音時，舌尖抵住上齒齦，再迅速彈開，震動聲帶。與漢語的「嚕」發音相似。
れ	レ	「れ」由輔音「r」與元音「e」拼合而成。發音時，舌尖抵住上齒齦，再迅速彈開，震動聲帶。
ろ	ロ	「ろ」由輔音「r」與元音「o」拼合而成。發音時，舌尖抵住上齒齦，再迅速彈開，震動聲帶。

單 詞 發 音 練 習

日語	らいねん 来年	り ゆう 理由	るいけい 累計	れき し 歴史	ろうじん 老人
羅馬音	ra i nen	ri yuu	ru i kei	re ki si	rou zin
含義	明年	理由	累計	歷史	老人

わ 行

平假名	片假名	發音方法
わ	ワ	「わ」由元音「u」與元音「a」複合而成。發音時，嘴唇微張，舌頭向後縮，震動聲帶。與漢語的「哇」發音相似。
を	ヲ	「を」與元音「お」發音相同。發音時，嘴唇略成圓形，舌頭後部稍微向後縮，震動聲帶。與漢語的「哦」發音相似。 註：を不用於單詞，只用作助詞

單 詞 發 音 練 習

日語	わたし 私	わり あい 割合	わる 悪い
羅馬音	wa ta si	wa ri a i	wa ru i
含義	我	比例	壞

ん

平假名	片假名	發音方法
ん	ン	「ん」是撥音，發音時，氣流從鼻腔流出，震動聲帶。與漢語的「嗯」發音相似。 註：它不能單獨使用，不能用在詞頭，只出現在音節的末尾或附在其他假名後面。

3 濁音、半濁音

3.1 濁音

日語的「濁音」一共有四行，它們是由か、さ、た、は四行清音濁化而成的。輔音「k」濁化成「g」，「s」濁化成「z」，「t」濁化成「d」，「h」濁化成「b」。濁音發音時與清音不同，要伴隨聲帶的預先震動，然後再和元音結合。

が 行

平假名	片假名	發音方法
が	ガ	「が」由輔音「g」與元音「a」拼合而成。發音時，舌根緊貼軟齶，然後再很快離開，一股氣流衝出口腔，發音時聲帶震動。與漢語的「嘎」發音相似。
ぎ	ギ	「ぎ」由輔音「g」與元音「i」拼合而成。發音時，舌根緊貼軟齶，然後再很快離開，一股氣流衝出口腔，發音時聲帶震動。
ぐ	グ	「ぐ」由輔音「g」與元音「u」拼合而成。發音時，舌根緊貼軟齶，然後再很快離開，一股氣流衝出口腔，發音時聲帶震動。與漢語的「姑」發音相似。
げ	ゲ	「げ」由輔音「g」與元音「e」拼合而成。發音時，舌根緊貼軟齶，然後再很快離開，一股氣流衝出口腔，發音時聲帶震動。
ご	ゴ	「ご」由輔音「g」與元音「o」拼合而成。發音時，舌根緊貼軟齶，然後再很快離開，一股氣流衝出口腔，發音時聲帶震動。

單 詞 發 音 練 習

日語	がくせい 学生	ぎんこう 銀行	ぐ ち 愚痴	げん き 元気	ごぜん 午前
羅馬音	ga ku sei	gin kou	gu ti	gen ki	go zen
含義	學生	銀行	抱怨	精力充沛	上午

ざ 行

平假名	片假名	發音方法
ざ	ザ	「ざ」由輔音「z」與元音「a」拼合而成。發音時，舌尖位於上齒齦內側，形成細縫，氣流從舌齒的細縫中流出，發音時振動聲帶。發音類似於漢語的「咋」。
じ	ジ	發音時，嘴唇稍微向前伸。舌面隆起，接近上齶。氣流從舌面和上齶之間流出，發音時振動聲帶。
ず	ズ	「ず」由輔音「z」與元音「u」拼合而成。發音時，舌尖位於上齒齦內側，形成細縫，氣流從舌齒的細縫中流出，發音時聲帶振動。發音類似於漢語的「姿」。
ぜ	ゼ	「ぜ」由輔音「z」與元音「e」拼合而成。發音時，舌尖位於上齒齦內側，形成細縫，氣流從舌齒的細縫中流出，發音時聲帶振動。
ぞ	ゾ	「ぞ」由輔音「z」與元音「o」拼合而成。發音時，舌尖位於上齒齦內側，形成細縫，氣流從舌齒的細縫中流出，發音時聲帶振動。

單 詞 發 音 練 習

日語	^{ざっし}雜誌	^{じ ぶん}自分	ずるい	^{ぜん ぶ}全部	^{か ぞく}家族
羅馬音	za ssi	zi bun	zu ru i	zen bu	ka zo ku
含義	雜誌	自己	狡猾	全部	家族

だ 行

平假名	片假名	發音方法
だ	ダ	「だ」由輔音「d」和元音「a」拼合而成。發音時，舌尖抵住上齒齦，形成阻塞，氣流從當中流出，發音時聲帶震動。與漢語「搭」的發音相似。
ぢ	ヂ	發音時，舌尖抵住下齒。前舌面抵住上齶，形成阻塞，氣流從當中流出，發音時聲帶震動。
づ	ヅ	發音時，舌尖抵住上齒齦，形成阻塞，氣流從舌尖和上齒齦的縫隙中流出，發音時聲帶震動。
で	デ	「で」由輔音「d」與元音「e」拼合而成。發音時，舌尖抵住上齒齦，形成阻塞，氣流從當中流出，發音時聲帶震動。
ど	ド	「ど」由輔音「d」與元音「o」拼合而成。發音時，舌尖位於上齒齦內側，形成細縫，氣流從舌齒的細縫中流出，發音時聲帶震動。

單 詞 發 音 練 習

日語	だいがく 大学	はな ぢ 鼻血	つづ 続く	で ぐち 出口	どれ
羅馬音	da i ga ku	ha na di	tu du ku	de gu ti	do re
含義	大學	鼻血	連續	出口	哪個

平假名	片假名	發音方法
ば	バ	「ば」由輔音「b」與元音「a」拼合而成。發音時，嘴巴自然張開，舌頭放平，氣流從舌根和軟齶之間流出，發音時聲帶震動。與漢語「吧」發音相似。
び	ビ	「び」由輔音「b」與元音「i」拼合而成。發音時，嘴巴微張，向左右稍微咧開。舌面隆起，接近上齶。氣流從舌面與上齶之間流出，發音時聲帶震動。與漢語「逼」發音相似。
ぶ	ブ	「ぶ」由輔音「b」與元音「u」拼合而成。發音時，雙唇自然微張，上齒接近下唇，氣流從雙唇的縫隙中流出，發音時聲帶震動。與漢語「不」發音相似。
べ	ベ	「べ」由輔音「b」與元音「e」拼合而成。發音時，嘴巴自然張開，舌頭放平，氣流從舌根和軟齶之間流出，發音時聲帶震動。
ぼ	ボ	「ぼ」由輔音「b」與元音「o」拼合而成。發音時，嘴巴自然張開，舌頭放平，氣流從舌根和軟齶之間流出，發音時聲帶震動。與漢語「波」發音相似。

單 詞 發 音 練 習

日語	ば しょ 場所	び じゅつかん 美術館	ぶん か 文化	べん り 便利	ぼう がい 妨害
羅馬音	ba syo	bi zyu tu kan	bun ka	ben ri	bou ga i
含義	場所	美術館	文化	便利	妨礙

3.2 半濁音

除了「濁音」，日語中還有一行叫作「半濁音」。「半濁音」其實是輔音「p」和元音的組合。它是介於清音「h」和濁音「b」之間的音，所以叫作「半濁音」。

ぱ 行

平假名	片假名	發音方法
ぱ	パ	「ぱ」由輔音「p」與元音「a」拼合而成。發音時，雙唇緊閉形成阻塞，然後氣流突然衝破阻塞迅速發音，聲帶不產生震動。
ぴ	ピ	「ぴ」由輔音「p」與元音「i」拼合而成。發音時，雙唇緊閉形成阻塞，然後氣流突然衝破阻塞迅速發音，聲帶不產生震動。
ぷ	プ	「ぷ」由輔音「p」與元音「u」拼合而成。發音時，雙唇緊閉形成阻塞，然後氣流突然衝破阻塞迅速發音，聲帶不產生震動。
ぺ	ペ	「ぺ」由輔音「p」與元音「e」拼合而成。發音時，雙唇緊閉形成阻塞，然後氣流突然衝破阻塞迅速發音，聲帶不產生震動。
ぽ	ポ	「ぽ」由輔音「p」與元音「o」拼合而成。發音時，雙唇緊閉形成阻塞，然後氣流突然衝破阻塞迅速發音，聲帶不產生震動。

單 詞 發 音 練 習

日語	パンダ	ピンク	プロ	ペア	ポテト
羅馬音	pan da	pin ku	pu ro	pe a	po te to
含義	熊貓	粉紅色	專業的	一對	薯仔

4 拗音

★ ★ ★

003

拗音是由い段假名（い除外），即「き、し、ち、に、ひ、み、り」以及「ぎ、じ、ぢ、び、ぴ」分別和や、ゆ、よ三個音結合而成，但須注意的是，兩個音結合後，合成一個音，如 ki ＋ ya ＝ kya，每個拗音只佔一拍，書寫時や、ゆ、よ要小寫。

きゃ	キャ	kya	きゅ	キュ	kyu	きょ	キョ	kyo
ぎゃ	ギャ	gya	ぎゅ	ギュ	gyu	ぎょ	ギョ	gyo
しゃ	シャ	sya	しゅ	シュ	syu	しょ	ショ	syo
じゃ	ジャ	zya	じゅ	ジュ	zyu	じょ	ジョ	zyo
ちゃ	チャ	tya	ちゅ	チュ	tyu	ちょ	チョ	tyo
ぢゃ	ヂャ	dya	ぢゅ	ヂュ	dyu	ぢょ	ヂョ	dyo
にゃ	ニャ	nya	にゅ	ニュ	nyu	にょ	ニョ	nyo
ひゃ	ヒャ	hya	ひゅ	ヒュ	hyu	ひょ	ヒョ	hyo
びゃ	ビャ	bya	びゅ	ビュ	byu	びょ	ビョ	byo
ぴゃ	ピャ	pya	ぴゅ	ピュ	pyu	ぴょ	ピョ	pyo
みゃ	ミャ	mya	みゅ	ミュ	myu	みょ	ミョ	myo
りゃ	リャ	rya	りゅ	リュ	ryu	りょ	リョ	ryo

單 詞 發 音 練 習

日語	きゃく 客	ちゃ お茶	しゅみ 趣味
羅馬音	kya ku	o tya	syu mi
含義	客人	茶	興趣
日語	じゅけん 受験	ないしょ 内緒	りょくちゃ 緑茶
羅馬音	zyu ken	nai syo	ryo ku tya
含義	應試	秘密	緑茶

5 特殊音

5.1 撥音

004

前面「五十音圖」的講解中已經提到，「ん（ン）」叫作撥音。它是鼻音，不能單獨使用，要和前面的假名一起構成「撥音節」。「五十音圖」的各個假名都可以和「ん」構成「撥音節」，如下表：

	あ段	い段	う段	え段	お段
あ行	あん an	いん in	うん un	えん en	おん on
か行	かん kan	きん kin	くん kun	けん ken	こん kon
さ行	さん san	しん sin	すん sun	せん sen	そん son
た行	たん tan	ちん tin	つん tun	てん ten	とん ton
な行	なん nan	にん nin	ぬん nun	ねん nen	のん non
は行	はん han	ひん hin	ふん hun	へん hen	ほん hon
ま行	まん man	みん min	むん mun	めん men	もん mon
や行	やん yan		ゆん yun		よん yon
ら行	らん ran	りん rin	るん run	れん ren	ろん ron
わ行	わん wan				

單 詞 發 音 練 習

日語	あんパン	人参（にんじん）	残念（ざんねん）
羅馬音	an pan	nin zin	zan nen
含義	夾心麵包	胡蘿蔔	遺憾

5.2 促音

「促音」是一個需要中間停頓一拍的音。當一個單詞中出現促音時，先將促音前面的假名發出，然後將下一個音的口形做好，停頓一拍，然後再一下子發出來。這個口形加上停頓的一拍就是「促音」了。須注意的是，「つ」要小寫。

單 詞 發 音 練 習

日語	バック	欠席（けっせき）	切手（きって）
羅馬音	ba kku	ke sse ki	ki tte
含義	背景	缺席	郵票

日語	セット	失敗（しっぱい）	コップ
羅馬音	se tto	si ppa i	ko ppu
含義	一套	失敗	杯子

5.3 長音

日語的長音，就是將單詞中前面假名音節中的元音延長一拍來發音。那麼日語中長音是怎麼表示的呢？其實，長音的表示是有一套基本規則的，讓我們一起來看一看吧。

あ段假名後加あ　　如：お<u>ばあ</u>さん（奶奶）
い段假名後加い　　如：たの<u>しい</u>（快樂）
う段假名後加う　　如：ふ<u>つう</u>（普通）
え段假名後加い　　如：<u>せい</u>かつ（生活）
お段假名後加う　　如：<u>こう</u>えん（公園）

另外，片假名的長音統一用「一」來表示。

單 詞 發 音 練 習

日語	<ruby>お母<rt>かあ</rt></ruby>さん	<ruby>お父<rt>とう</rt></ruby>さん	<ruby>有名<rt>ゆうめい</rt></ruby>	ユニーク
羅馬音	o kaa san	o tou san	yuu mei	yu nii ku
含義	媽媽	爸爸	有名	獨特

社交場合

如何與他人交往？

1 初次見面

A: 初(はじ)めまして、松下電器(まつしたでんき)の中田(なかた)です。
どうぞよろしくお願(ねが)いします。

ha zi me ma si te, ma tu si ta den ki no na ka ta de su.

dou zo yo ro si ku o ne ga i si ma su.

初次見面。我是松下電器公司的中田。請多多關照。

B: はじめまして、李(り)です。
こちらこそよろしくお願(ねが)いします。

ha zi me ma si te, ri de su.

ko ti ra ko so yo ro si ku o ne ga i si ma su.

初次見面，我姓李。也請您多多關照。

A: どんなお仕事(しごと)をされていますか。

don na o si go to wo sa re te i ma su ka.

您是做什麼工作的？

005

B: 病院で外科医をやっています。
びょういん　げ か い

byou in de ge ka i wo ya tte i ma su.

我在醫院當外科醫生。

A: お医者さんですか。
い しゃ
素晴らしい 職 業 ですね。
す ば　　　　　しょくぎょう

o i sya san de su ka.

su ba ra sii syo ku gyou de su ne.

是醫生啊。真是了不起的職業！

A: 今度のゴールデンウィーク、約束あるの？

kon do no goo ru den wii ku,

ya ku so ku a ru no?

這個黃金周，你有約了嗎？

B: まだないんだけど。

ma da na in da ke do.

還沒呢。

A: じゃ、どこかへ旅行に行こう。

zya, do ko ka e ryo kou ni i kou.

那我們去哪兒旅行吧。

B: そうね。どこがいいかな。京都なんかどう？

sou ne. do ko ga i i ka na. kyou to nan ka dou.

嗯。去哪兒好呢？京都怎麼樣？

A: いいね。そうしよう。

i i ne. sou si you.

好啊。就這麼定了。

① 自我介紹

007

1 はじめまして、李明華です。

ha zi me ma si te, ri mei ka de su.

初次見面，我是李明華。

---

2 中国上海から来ました。

tyuu go ku syan ha i ka ra ki ma si ta.

我來自中國上海。

---

3 出身は南京です。

syu ssin wa nan kin de su.

我是南京人。

---

4 今年 28 歳です。

ko to si ni zyuu ha ssa i de su.

今年 28 歲。

5 <ruby>会社員<rt>かいしゃいん</rt></ruby>です。

ka i sya in de su.

我是公司職員。

套進去說說看

<ruby>学生<rt>がくせい</rt></ruby>
ga ku sei
學生

<ruby>大学<rt>だいがく</rt></ruby>の<ruby>先生<rt>せんせい</rt></ruby>
da i ga ku no sen sei
大學老師

<ruby>公務員<rt>こうむいん</rt></ruby>
kou mu in
公務員

<ruby>医者<rt>いしゃ</rt></ruby>
i sya
醫生

コック
ko kku
廚師

デザイナー
de za i naa
設計師

6 <ruby>会社<rt>かいしゃ</rt></ruby>の <ruby>寮<rt>りょう</rt></ruby> に <ruby>住<rt>す</rt></ruby>んでいます。

ka i sya no ryou ni sun de i ma su.

我住在公司宿舍。

7 しゅっぱんしゃ　つと
出版社に勤めています。

syu ppan sya ni tu to me te i ma su.

我在出版社工作。

套進去說說看

だいがく
大学
da i ga ku
大學

ぼうえきがいしゃ
貿易会社
bou e ki ga i sya
貿易公司

おおて がいしゃ
大手会社
o o te ga i sya
大公司

ホテル
ho te ru
酒店

ぎんこう
銀行
gin kou
銀行

ゆうびんきょく
郵便局
yuu bin kyo ku
郵局

せい ふ き かん
政府機関
sei hu ki kan
政府部門

びょういん
病院
byou in
醫院

び ょういん
美容院
bi you in
髮型屋

⑧ よろしくお願いします。

yo ro si ku o ne ga i si ma su.

請多關照。

---

⑨ こちらこそ、よろしくお願いします。

ko ti ra ko so yo ro si ku o ne ga i si ma su.

我才要請你多多關照。

---

⑩ まだ独身です。

ma da do ku sin de su.

我還是單身。

---

⑪ もう結婚しています。

mou ke kkon si te i ma su.

我已經結婚了。

12 今は一人暮しです。
<ruby>今<rt>いま</rt></ruby> <ruby>一人暮<rt>ひとりぐら</rt></ruby>

i ma wa hi to ri gu ra si de su.

我現在一個人住。

---

13 趣味は旅行です。
<ruby>趣味<rt>しゅみ</rt></ruby> <ruby>旅行<rt>りょこう</rt></ruby>

syu mi wa ryo kou de su.

我的愛好是旅行。

套進去說說看

読書
<ruby>読書<rt>どくしょ</rt></ruby>

do ku syo

讀書

音楽
<ruby>音楽<rt>おんがく</rt></ruby>

on ga ku

音樂

スポーツ

su pou tu

體育

山登り
<ruby>山登<rt>やまのぼ</rt></ruby>り

ya ma no bo ri

爬山

バドミントン

ba do min ton

羽毛球

野球
<ruby>野球<rt>やきゅう</rt></ruby>

ya kyuu

棒球

② 請教對方

1 ちょっとお尋^{たず}ねしたいんですが。

tyo tto o ta zu ne si ta in de su ga.

想跟您打聽一件事。

---

2 これ、どう読^よみますか。

ko re dou yo mi ma su ka.

這個怎麼讀？

---

3 どういうことですか。

dou i u ko to de su ka.

怎麼回事？

008

4 その<ruby>言葉<rt>ことば</rt></ruby>の<ruby>意味<rt>いみ</rt></ruby>を
<ruby>教<rt>おし</rt></ruby>えていただけますか。

so no ko to ba no i mi wo

o si e te i ta da ke ma su ka.

能告訴我那個詞的意思嗎？

套進去説説看

<ruby>文<rt>ぶん</rt></ruby>
bun
句子

<ruby>説明書<rt>せつめいしょ</rt></ruby>
se tu mei syo
說明書

メッセージ
me ssee zi
訊息

<ruby>伝言<rt>でんごん</rt></ruby>
den gon
留言

マーク
maa ku
標誌

<ruby>矢印<rt>やじるし</rt></ruby>
ya zi ru si
箭頭

5 すみません、<ruby>今何時<rt>いまなんじ</rt></ruby>ですか。

su mi ma sen, i ma nan zi de su ka.

對不起，現在幾點了？

場景2

請教對方

2 請教對方

6 道_{みち}に迷_{まよ}ったようですが。

mi ti ni ma yo tta you de su ga.

我好像迷路了。

---

7 京都駅_{きょうとえき}へはどう行_いけばいいですか。

kyou to e ki e wa dou i ke ba i i de su ka.

去京都車站該怎麼走？

套進去說說看

空港_{くうこう}
kuu kou
機場

みずほ銀行_{ぎんこう}
mi zu ho gin kou
瑞穂銀行

一番近_{いちばんちか}い銀行_{ぎんこう}
i ti ban ti ka i gin kou
最近的銀行

展覧会_{てんらんかい}
ten ran ka i
展覽會

京都美術館_{きょうとびじゅつかん}
kyou to bi zyu tu kan
京都美術館

交番_{こうばん}
kou ban
派出所

8 **すみません、お手洗いはどちらですか。**

su mi ma sen, o te a ra i wa do ti ra de su ka.

對不起，洗手間在哪兒？

套進去說說看

会議室
ka i gi si tu
會議室

受付
u ke tu ke
接待處

レストラン
re su to ran
餐廳

会場
ka i zyou
會場

音楽ホール
on ga ku hou ru
音樂廳

かばん売り場
ka ban u ri ba
賣袋專櫃

どう話せばいいですか。

dou ha na se ba i i de su ka.

我該怎麼說好呢？

これでいいですか。

ko re de i i de su ka.

這樣行嗎？

49

請教對方

③ 介紹他人

1 こちらは田中 誠 先生です。
<ruby>た<rt></rt></ruby><ruby>な<rt></rt></ruby><ruby>か<rt></rt></ruby>なかまことせんせい

ko ti ra wa ta na ka ma ko to sen sei de su.

這位是田中誠老師。

2 友人の花子さんです。
ゆうじん　　はな こ

yuu zin no ha na ko san de su.

這是我朋友花子。

3 うちの支社に転勤した小 林 さんです。
し しゃ　てんきん　　こ ばやし

u ti no si sya ni ten kin si ta ko ba ya si san de su.

這是調到我們分公司的小林。

4 今度は単身赴任です。
こん ど　　たんしん ふ にん

kon do wa tan sin hu nin de su.

這次是單身赴任。

5 日本早稲田大学の 教 授です。
に ほん わ せ だ だいがく　　きょうじゅ

ni hon wa se da da i ga ku no kyou zyu de su.

這位是日本早稻田大學的教授。

009

6 専門は<ruby>物理学<rt>ぶつりがく</rt></ruby>です。
<ruby>専門<rt>せんもん</rt></ruby>

sen mon wa bu tu ri ga ku de su.

專業是物理學。

套進去說說看

<ruby>言語学<rt>げんごがく</rt></ruby>

gen go ga ku

語言學

<ruby>日本文学<rt>にほんぶんがく</rt></ruby>

ni hon bun ga ku

日本文學

<ruby>数学<rt>すうがく</rt></ruby>

suu ga ku

數學

<ruby>土木工程<rt>どぼくこうてい</rt></ruby>

do bo ku kou tei

土木工程

<ruby>建築<rt>けんちく</rt></ruby>

ken ti ku

建築

<ruby>芸術<rt>げいじゅつ</rt></ruby>

gei zyu tu

藝術

7 たくさんの<ruby>著書<rt>ちょしょ</rt></ruby>があります。

ta ku san no tyo syo ga a ri ma su.

有很多著作。

③ 介紹他人

⑧ ユーモアがある<ruby>人<rt>ひと</rt></ruby>です。

yuu mo a ga a ru hi to de su.

是個非常幽默的人。

套進去說說看

<ruby>親切<rt>しんせつ</rt></ruby>な

sin se tu na

親切

<ruby>厳<rt>きび</rt></ruby>しい

ki bi sii

嚴厲

おもしろい

o mo si ro i

有趣

<ruby>明<rt>あか</rt></ruby>るい

a ka ru i

開朗

<ruby>気<rt>き</rt></ruby>が<ruby>大<rt>おお</rt></ruby>きい

ki ga o o ki i

度量大

せっかちな

se kka ti na

急性子

⑨ <ruby>設計<rt>せっけい</rt></ruby>で<ruby>有名<rt>ゆうめい</rt></ruby>です。

se kkei de yuu mei de su.

因設計而出名。

10 ちゅうごく ぎょうざ だいす
中 国 の 餃 子が大好きだそうです。
tyuu go ku no gyou za ga da i su ki da sou de su.

好像非常喜歡中國的餃子。

套進去說說看

きょうげき
京 劇
kyou ge ki
京劇

し しゅう
刺 繍
si syuu
刺繡

シルク
si ru ku
絲綢

ドラマ
do ra ma
電視劇

こっとう
骨 董
ko ttou
古玩

めいしょう
名 勝
mei syou
名勝

④ 邀請、邀約

① 午後のパーティー、来ませんか。

go go no paa tii, ki ma sen ka.

下午的聚會，你參加嗎？

套進去說說看

コンサート kon saa to 音樂會	**座談会** za dan ka i 座談會
懇親会 kon sin ka i 聯歡會	**歓迎会** kan gei ka i 觀迎會
送別会 sou be tu ka i 送別會	**同窓会** dou sou ka i 同學會
会議 ka i gii 會議	

② 一緒に行きましょうよ。

i ssyo ni i ki ma syou yo.

一起去吧。

010

③ 是非家に遊びに来てください。

ze hi u ti ni a so bi ni ki te ku da sa i.

請一定要來我家玩。

④ 映画館へ行こう。

ei ga kan e i kou.

去電影院吧。

套進去說說看

美術館
bi zyu tu kan
美術館

プール
puu ru
游泳池

動物園
dou bu tu en
動物園

ディズニーランド
di zu nii ran do
迪士尼樂園

遊園地
yuu en ti
遊樂園

公園
kou en
公園

⑤ 家で誕生日パーティーをしよう。

u ti de tan zyou bi paa tii wo si you.

我們在家開生日派對吧。

套進去說說看

クリスマス

ku ri su ma su

聖誕

新年

sin nen

新年

ダンス

dan su

跳舞

お祝い

o i wa i

慶祝

歓迎

kan gei

歡迎

⑥ 是非来てね。ご馳走するわ。

ze hi ki te ne. go ti sou su ru wa.

一定要來哦。我請客。

7 森さん、一杯飲みに行きませんか。

mo ri san, i ppa i no mi ni i ki ma sen ka.

小森，去喝一杯吧。

---

8 今度の日曜日、
私の家にいらっしゃいませんか。

kon do no ni ti you bi,

wa ta si no i e ni i ra ssya i ma sen ka.

這個周日來我家吧。

---

9 お誘いいただいて嬉しいです。

o sa so i i ta da i te u re sii de su.

很高興你能邀請我。

---

10 ぜひお伺いしたいと思います。

ze hi o u ka ga i si ta i to o mo i ma su.

我一定去拜訪。

11 残念ですが、今日は約束があって。

zan nen de su ga, kyou wa ya ku so ku ga a tte.

抱歉，今天有約了。

套進去說說看

アルバイト
a ru ba i to
打工

先約
sen ya ku
有約在先

用事
you zi
有事

急用
kyuu you
急事

授業
zyu gyou
上課

仕事
si go to
工作

⑤ 約定見面

★ ★ ★
011

1 じゃ、約束する。
zya, ya ku so ku su ru.
那就說定了。

2 うん、わかった。いつもの所で。
un, wa ka tta. i tu mo no to ko ro de.
好,知道了。老地方見。

3 午後の3時半でいかがですか。
go go no san zi han de i ka ga de su ka.
那下午三點半怎麼樣?

4 誘ってくれて嬉しいわ。
sa so tte ku re te u re sii wa.
多謝邀請,很高興。

⑤ 約定見面

⑤ 駅前のカフェで。
えきまえ

e ki ma e no ka fe de.

在車站附近的咖啡館（見）。

套進去說說看

レストラン
re su to ran
餐廳

喫茶店
きっさてん
ki ssa ten
咖啡店

ケーキ屋
や
kei ki ya
蛋糕店

ラーメン屋
や
raa men ya
拉麵店

スターバックス
su taa ba kku su
星巴克

マクドナルド
ma ku do na ru do
麥當勞

6 来年またここでお会いしましょう。

ra i nen ma ta ko ko de o a i si ma syou.

明年還在這兒相聚吧。

套進去說說看

富士山の 麓
hu zi san no hu mo to
富士山腳下

東京
tou kyou
東京

早稲田
wa se da
早稲田

日本
ni hon
日本

北京
pe kin
北京

名古屋
na go ya
名古屋

7 今週の土曜日会えないかな。

kon syuu no do you bi a e na i ka na.

這個周六能見面嗎？

⑤ 約定見面

⑧ 約束、忘れないでね。

やくそく わす

ya ku so ku, wa su re na i de ne.

不要忘了我們的約定哦。

---

⑨ ご都合がつく時に、お願いします。

つ ごう とき ねが

go tu gou ga tu ku to ki ni, o ne ga i si ma su.

看您什麼時間方便。

---

⑩ 今晩お暇ですか。

こんばん ひま

kon ban o hi ma de su ka.

今晚有空嗎？

套進去說說看

明日

あした

a si ta

明天

土曜日

どようび

do you bi

周六

日曜日

にちよう び

ni ti you bi

周日

あさって

a sa tte

後天

今週末

こんしゅうまつ

kon syuu ma tu

這周末

來週

らいしゅう

ra i syuu

下周

6 拜訪、招待

012

1 お邪魔します。

o zya ma si ma su.

打擾了。

---

2 どうぞ、お入りください。

dou zo, o ha i ri ku da sa i.

請進。

---

3 つまらないものですが、
どうぞお受け取りください。

tu ma ra na i mo no de su ga,

dou zo o u ke to ri ku da sa i.

一點小禮物，請您收下。

4 素敵なお家ですね。
すてき　　　うち

su te ki na o u ti de su ne.

您家真漂亮啊！

套進去說說看

掛け軸
か　じく

ka ke zi ku

掛軸

絵
え

e

畫

キッチン

ki ttin

廚房

ガーデン

gaa den

花園

リビングルーム

ri bin gu ruu mu

起居室

5 どうぞ、お構いなく。
かま

dou zo, o ka ma i na ku.

不用張羅。

6 ごちそうさまでした。

go ti sou sa ma de si ta.

多謝款待。

7 ようこそ。

you ko so.

歓迎。

---

8 <u>お家</u>を<ruby>見学<rt>けんがく</rt></ruby>してもよろしいですか。

うち

o u ti wo ken ga ku si te mo yo ro sii de su ka.

可以參觀一下你家嗎？

套進去說說看

<ruby>書斎<rt>しょさい</rt></ruby>

syo sa i

書房

<ruby>お庭<rt>にわ</rt></ruby>

o ni wa

院子

<ruby>茶室<rt>ちゃしつ</rt></ruby>

tya si tu

茶室

キッチン

ki ttin

廚房

ガーデン

gaa den

花園

リビングルーム

ri bin gu ruu mu

起居室

9 <ruby>飲<rt>の</rt></ruby>み<ruby>物<rt>もの</rt></ruby>は<ruby>何<rt>なに</rt></ruby>がいいですか。

no mi mo no wa na ni ga i i de su ka.

喝點什麼？

10 粗末なもので。
そまつ

so ma tu na mo no de.

粗茶淡飯。

---

11 どうぞ足を楽にしてお 寛 ぎください。
あし らく くつろ

dou zo a si wo ra ku ni si te o ku tu ro gi ku da sa i.

請隨意坐，不要拘謹。

---

12 はい、お茶をどうぞ。
ちゃ

ha i, o tya wo dou zo.

請喝茶。

套進去說說看

コーヒー
kou hii
咖啡

ジュース
zyuu su
果汁

ミルク
mi ru ku
牛奶

ビール
bii ru
啤酒

ワイン
wa in
紅酒

カクテル
ka ku te ru
雞尾酒

⑦ 請求幫忙

013

1 すみません、
ちょっとお願_{ねが}いがあるんですが。

su mi ma sen,

tyo tto o ne ga i ga a run de su ga.

不好意思，想拜託您一件事。

---

2 それを取_とってくれますか。

so re wo to tte ku re ma su ka.

能幫我取一下那個東西嗎？

---

3 この言葉_{ことば}の意味_{いみ}を教_{おし}えていただけますか。

ko no ko to ba no i mi wo o si e te i ta da ke ma su ka.

能告訴我那句話的意思嗎？

---

4 これは日本語_{にほんご}で何_{なん}と言_いいますか。

ko re wa ni hon go de nan to i i ma su ka.

這個用日語怎麼說？

7 請求幫忙

5 **このパソコンの使い方を**
説明していただけますか。

ko no pa so kon no tu ka i ka ta wo

se tu mei si te i ta da ke ma su ka.

能告訴我這個電腦的使用方法嗎？

套進去說說看

そうじ
掃除ロボット
sou zi ro bo tto
打掃機械人

き かい
機械
ki ka i
機械

リモコン
ri mo kon
遙控器

けいたい
携帯
kei ta i
手機

そうじき
掃除機
sou zi ki
吸塵器

でん し
電子レンジ
den si ren zi
微波爐

6 会場まで案内してくださいますか。

ka i zyou ma de an na i si te ku da sa i ma su ka.

能帶我去會場嗎？

劇場
ge ki zyou
劇場

ホール
hou ru
大廳

会堂
ka i dou
會堂

大隈講堂
o o ku ma kou dou
大隈講堂

会議室
ka i gi si tu
會議室

休憩室
kyuu kei si tu
休息室

7 空港までお願いできますか。

kuu kou ma de o ne ga i de ki ma su ka.

能麻煩您送我去機場嗎？

7 請求幫忙

8 ちょっと手伝ってくれますか。

tyo tto te tu da tte ku re ma su ka.

能幫一下忙嗎？

---

9 修理お願いできますか。

syuu ri o ne ga i de ki ma su ka.

能幫我修一下嗎？

---

10 一万円を貸してもらえませんか。

i ti man en wo ka si te mo ra e ma sen ka.

能借我一萬日元嗎？

套進去說說看

携帯 kei ta i 手機	**お金** o ka ne 錢
腕時計 u de do kei 手錶	**ペン** pen 筆
書くもの ka ku mo no 寫字的東西	**電子辞書** den si zi syo 電子詞典

⑧ 表達感謝

014

① ありがとうございます。

a ri ga tou go za i ma su.

謝謝。

---

② 本当に助かりました。

hon tou ni ta su ka ri ma si ta.

真是幫了大忙了。

---

③ お礼の言葉もございません。

o rei no ko to ba mo go za i ma sen.

我不知道該怎麼感謝才好。

---

④ いろいろ教えてくれて、ありがとう。

i ro i ro o si e te ku re te, a ri ga tou.

謝謝你告訴我這麼多。

8 表達感謝

5 素敵な腕時計、ありがとう!

<ruby>素敵<rt>すてき</rt></ruby>な<ruby>腕時計<rt>うでどけい</rt></ruby>

su te ki na u de do kei, a ri ga tou!

謝謝您送我漂亮的手錶。

套進去說說看

ネックレス
ne kku re su
項鍊

コップ
ko ppu
杯子

プレゼント
pu re zen to
禮物

ハンカチ
han ka ti
手帕

財布
さいふ
sa i hu
錢包

ネクタイ
ne ku ta i
領帶

マフラー
ma hu raa
圍巾

6 美味しいお寿司をご馳走してくれてありがとう。

o i sii o su si wo go ti sou si te ku re te, a ri ga tou.

感謝您請我吃美味的壽司。

套進去說說看

天ぷら
ten pu ra
天婦羅

日本料理
ni hon ryou ri
日本料理

鰻
u na gi
鰻魚

日本酒
ni hon syu
日本酒

梅酒
u me syu
梅酒

ワイン
wa in
餐酒

7 先日は、色々お世話になりました。

sen zi tu wa, i ro i ro o se wa ni na ri ma si ta.

前些天承蒙您的多方照顧。

8 ご協力ありがとうございました。

go kyou ryo ku a ri ga tou go za i ma si ta.

感謝您的幫助。

---

9 温かいご援助に心から感謝申しあげます。

a ta ta ka i go en zyo ni ko ko ro ka ra kan sya mou si a ge ma su.

衷心感謝您的熱情支持。

---

10 ご親切、感謝しております。

go sin se tu, kan sya si te o ri ma su.

感謝您的熱心。

套進去說說看

配慮	心配
ha i ryo	sin pa i
關懷	擔心
歓待	厚意
kan ta i	kou i
款待	厚意
恩情	協力
on zyou	kyou ryo ku
恩情	協助

⑨ 誤解、爭執

★ ★ ★

015

---

❶ いえ、違うよ。

i e, ti ga u yo.

不，不是的。

---

❷ なんなんだよ、その態度 は。

nan nan da yo, so no ta i do wa.

這是什麼態度啊。

套進去說說看

話 ぶり ha na si bu ri 說話樣子	**言い方** i i ka ta 說法
口ぶり ku ti bu ri 口吻	**振る舞い** hu ru ma i 舉止
やり方 ya ri ka ta 做法	**言い訳** i i wa ke 藉口

3 そんな言い方、納得できない。

son na i i ka ta, na tto ku de ki na i.

那種說話的態度不能接受。

套進去說說看

解釈	説明
ka i sya ku	se tu mei
解釋	說明

行動	理屈
kou dou	ri ku tu
行為	理由

理由	考え方
ri yuu	kan ga e ka ta
理由	想法

4 言葉の意味がわからない。

ko to ba no i mi ga wa ka ra na i.

不明白你說的意思。

⑤ なんでそんなこと言うの？

nan de son na ko to i u no.

為什麼說那樣的話？

---

⑥ そんな言い方、失礼ですよ。

son na i i ka ta, si tu rei de su yo.

你那樣說太沒禮貌了。

套進去說說看

乱暴	無礼
ran bou	bu rei
粗俗	無禮
いい加減	**無責任**
i i ka gen	mu se ki nin
隨便	不負責任
口ぶり	**軽率**
ku ti bu ri	kei so tu
語氣	輕率

---

⑦ そういう意味じゃないよ。

sou i u i mi zya na i yo.

不是那意思。

8 私は何も間違ってないよ。

wa ta si wa na ni mo ma ti ga tte na i yo.

我沒錯哦。

---

9 全部君のせいだ。

zen bu ki mi no sei da.

全都怪你。

---

10 あなたが悪いの。

a na ta ga wa ru i no.

是你不好。

---

11 そんなこと、身に覚えがないよ。

son na ko to, mi ni o bo e ga na i yo.

根本沒那回事。

---

12 自分のことを考えてから言ってよ。

zi bun no ko to wo kan ga e te ka ra i tte yo.

先管好你自己再說！

場景

10 表達歉意

★ ★ ★

016

1 すみませんでした。

su mi ma sen de si ta.

對不起。

---

2 ごめんなさい。

go men na sa i.

抱歉。

---

3 悪かった。
わる

wa ru ka tta.

抱歉。

---

4 ごめん。

go men.

抱歉。

5 私の過失です。

wa ta si no ka si tu de su.

是我的錯。

套進去說說看

ミス	**せい**
mi su	sei
過錯	原因
責任	**不注意**
se ki nin	hu tyuu i
責任	不注意
不始末	**落ち度**
hu si ma tu	o ti do
不小心	錯

6 ごめんね。交通事故に遭った。

go men ne. kou tuu zi ko ni a tta.

對不起，我遇到交通事故了。

7 遅くなってごめんね。

o so ku na tte go men ne.

我遲到了，對不起。

---

8 申し訳ございません。

mou si wa ke go za i ma sen.

非常抱歉。

---

9 大変失礼しました。

ta i hen si tu rei si ma si ta.

非常抱歉。

---

10 ごめんね、待った？

go men ne, ma tta.

抱歉，等了很久吧？

11 どうぞ、<u>お許しください</u>。

dou zo, o yu ru si ku da sa i.

請您原諒。

套進去說說看

ご了承
go ryou syou
諒解

ご容赦
go you sya
寬恕

ご勘弁
go kan ben
原諒、饒恕

---

12 お役に立てなくて、どうもすみません。

o ya ku ni ta te na ku te, dou mo su mi ma sen.

對不起，沒能幫上忙。

---

13 不行き届きの點、お詫びいたします。

hu yu ki to do ki no ten, o wa bi i ta si ma su.

照顧不周的地方，還請您原諒。

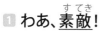

★ ★ ★

017

1 わあ、<ruby>素敵<rt>すてき</rt></ruby>!

waa, su te ki.

哇，好漂亮！

套進去說說看

きれい

ki rei

漂亮

すばらしい

su ba ra sii

棒

<ruby>美<rt>うつく</rt></ruby>しい

u tu ku sii

美

<ruby>見事<rt>み ごと</rt></ruby>

mi go to

漂亮

かっこいい

ka kko ii

帥氣

かわいい

ka wa ii

可愛

2 素晴_{すば}らしい絵_えですね。

su ba ra sii e de su ne.

好美的畫啊！

套進去說說看

書道_{しょどう}
syo dou
書法

文章_{ぶんしょう}
bun syou
文章

演説_{えんぜつ}
en ze tu
演說

景色_{けしき}
ke si ki
景色

スピーチ
su pii ti
演講

演奏_{えんそう}
en sou
演奏

コンサート
kon saa to
音樂會

3 律子_{りつこ}さん、やるね。

ri tu ko san, ya ru ne.

律子，真有你的。

4 日本語がお上手ですね。

ni hon go ga o zyou zu de su ne.

日語很棒啊！

ぺらぺら
pe ra pe ra
流暢

すごい
su go i
厲害

お見事
o mi go to
出色

上手い
u ma i
順利

流暢
ryuu tyou
流暢

きれい
ki rei
漂亮

5 よくできましたね!

yo ku de ki ma si ta ne!

做得真好！

6 うん、なかなかいいじゃん。

un, na ka na ka i i zyan.

嗯，很不錯嘛！

11 稱讚他人

7 さすが小林さんで、見事ですね。

sa su ga ko ba ya si san de, mi go to de su ne.

不愧是小林，真棒！

套進去說說看

ご立派
go ri ppa
氣派

えらい
e ra i
厲害

お上手
o zyou zu
擅長

すごい
su go i
厲害

すばらしい
su ba ra sii
棒

---

8 よく頑張りましたね。

yo ku gan ba ri ma si ta ne.

做得真棒啊！

9 上手だね。

zyou zu da ne.

很拿手啊！

2015 年春節，去日本旅遊的中國遊客大軍掀起了馬桶蓋搶購熱潮。日本的馬桶蓋，設計人性化、實用且舒適。而日本的廁所又是怎樣的呢？

日本的廁所，被稱作「化粧室」，男廁叫「紳士化粧室」。日本的公共廁所基本上都是免費的。公共廁所會分別設有「洋式」（坐便）和「和式」（蹲便）。不管是車站、公園、學校、商場的公共廁所還是家裡的洗手間，都非常乾淨，並且聞不到任何異味。説起其人性化設計，主要體現在以下幾個方面。

- 所有的廁所都帶有廁紙，旁邊還會放三四卷備用的。廁紙很薄，也有點泛黃，沒有香味和印花，在水裡可以很快完全融化，全部分解，對環境無污染。不需要扔進廢紙簍，一般直接扔進馬桶沖走。

- 座廁可加熱。會根據季節自動調校坐墊的溫度，即使冬天坐上去也不會覺得涼。

- 能發出音樂或水流聲的「音姬」。公廁裡均配有可以發出音樂、清脆小鳥叫聲或是潺潺流水聲的發音器，放鬆身心的同時，讓外邊排隊等的人或者隔壁的人聽不到不雅的如廁聲音，避免了尷尬。

- 設有照明效果很好的化妝間，方便女性補妝、吹頭髮。有的廁所的化妝室內還配有更衣間，並提供免費的化妝棉、吸油紙、護手霜等，環境非常舒適。

- 專門為帶小孩的媽媽和殘疾人的貼心設計。能自如把嬰兒車或是輪椅推進去，裡面擺放了大的嬰兒床，可以把寶寶放在嬰兒床上換尿布。也有兒童用的小尺碼座廁，不用擔心小孩掉進去。考慮到殘疾人上廁所的不便，會在專用廁所間內伸手碰到的地方安裝很多防滑扶手。身體活動不便的人即使自己一個人出門，也可以不需要他人幫助，輕鬆上廁所。

- 有的高級馬桶帶沖洗功能，可以將屁股沖洗乾淨並自動烘乾。有的馬桶還具有排除臭氣的功能。

- 公廁裡的一次性坐便墊紙，可以防止病菌相互傳染。把這層薄薄的墊紙中間的部分撕開，留一個角，鋪好後，將中間的紙放入馬桶內，這樣在沖廁所的時候，整個墊紙會被浸入馬桶內的中間部分一起帶入沖走。

最後，介紹幾句常用語。如「お手洗はどこですか。o te a ra i wa do ko de su ka（廁所在哪兒？）」「誰かトイレに入っていますか。da re ka to i re ni ha i tte i ma su ka（有人在上廁所嗎？）」「トイレ空いていますか。to i re a i te i ma su ka（廁所有人嗎？）」「流すボタンはどこですか。na ga su bo tan wa do ko de su ka（沖水按鈕在哪兒？）」

日本廁所這種人性化的貼心設計，讓很多國外遊客讚歎、欽佩。這也成為很多人來日旅遊的難忘記憶。

日常寒暄

掌握訣竅，與日本人輕鬆溝通

★ ★ ★

018

A: あら、お久しぶり。元気だった？

a ra, o hi sa si bu ri. gen ki da tta.

哎呀，好久不見，還好嗎？

B: うん、ピンピンしているよ。
これ、熊本のお土産。

un, pin pin si te i ru yo.

ko re, ku ma mo to no o mi ya ge.

嗯，挺好的。這是給你帶的熊本的特產。

A: ありがとう～おいしそう。旅行はどうだった？

a ri ga tou. o i si sou. ryo kou wa dou da tta.

謝謝……看起來很好吃。旅行怎麼樣？

B: 楽しかったよ。
メイちゃんも一緒に行けばよかったのに。

ta no si ka tta yo.

mei tyan mo i ssyo ni i ke ba yo ka tta no ni.

很開心哦。要是你也一起去就好了。

A: そうね。仕方ない。残業だもん。

sou ne. si ka ta na i. zan gyuu da mon.

是啊，沒辦法，要加班。

019

A: 最近雨ばかりだね。

sa i kin a me ba ka ri da ne.

最近老在下雨啊。

B: そうね。こんなじめじめした天気、
本当に嫌だね。

sou ne. kon na zi me zi me si ta ten ki,

hon tou ni i ya da ne.

是啊。這種潮乎乎的天氣，最討厭了。

A: 来週台風が上陸するんだって。

ra i syuu ta i huu ga zyou ri ku su run da tte.

聽說下周颱風要登陸呢。

B: そう？大変だね。

sou. ta i hen da ne.

是嗎？真夠嗆啊。

1 寒喧問候

1 こんにちは。律子<ruby>律子<rt>りつこ</rt></ruby>さんですか。

kon ni ti wa. ri tu ko san de su ka.

你好。是律子小姐嗎？

> 套進去說說看

きのした
木下
ki no si ta
木下

すずき
鈴木
su zu ki
鈴木

さとう
佐藤
sa tou
佐藤

おくだ
奥田
o ku da
奥田

おう
王
ou
王

でん
田
den
田

しゅう
周
syuu
周

ちょう
張
tyou
張

2 おはようございます。

o ha you go za i ma su.

早上好。

020

3 こんばんは。

kon ban wa.

晚上好。

---

4 お休<ruby>休<rt>やす</rt></ruby>みなさい。

o ya su mi na sa i.

晚安。

---

5 お出<ruby>出<rt>で</rt></ruby>かけですか。

o de ka ke de su ka.

您出門嗎？

---

6 ええ、ちょっとそこまで。

ee, tyo tto so ko ma de.

嗯，出去一趟。

---

7 行<ruby>行<rt>い</rt></ruby>ってきます。

i tte ki ma su.

我走了。

8 行ってらっしゃい。

i tte ra ssya i.

您走好。

---

9 ただいま。

ta da i ma.

我回來了。

---

10 お帰りなさい。

o ka e ri na sa i.

您回來啦。

---

11 お疲れ様でした！

o tu ka re sa ma de si ta.

辛苦啦！

12 お先に失礼します。

o sa ki ni si tu rei si ma su.

我先告辭了。

---

13 お会いできて嬉しいです。

o a i de ki te u re sii de su.

見到你很高興。

套進去說說看

光栄
kou ei
光榮

ラッキー
ra kkii
幸運

よかった
yo ka tta
好

なにより
na ni yo ri
比什麼都好

① 5 年ぶりですね。

go nen bu ri de su ne.

已經五年沒見了。

---

② 相変わらずお元気ですね。

a i ka wa ra zu o gen ki de su ne.

還是很精神啊。

---

③ 日本での一年間どうでしたか。

ni hon de no i ti nen kan dou de si ta ka.

在日本的這一年怎麼樣？

---

④ ずいぶんイメージが変わりましたね。

zu i bun i mee zi ga ka wa ri ma si ta ne.

好像大變樣了啊。

---

⑤ おひさしぶりですね。

o hi sa si bu ri de su ne.

好久不見啊。

6 会いたかったです。
あ

a i ta ka tta de su.

真想你啊。

---

7 勉強が忙しいです。
べんきょう　いそが

ben kyou ga i so ga sii de su.

學習很忙。

> ### 套進去說說看

仕事 し ごと si go to 工作	**就職** しゅうしょく syuu syo ku 就職
塾 じゅく zyu ku 補習班	**部活** ぶ かつ bu ka tu 課外活動
学校 がっこう ga kkou 學校	**婚活** こんかつ kon ka tu 相親

---

8 しばらくでしたね。お元気ですか。
げん き

si ba ra ku de si ta ne. o gen ki de su ka.

好久沒見了啊。還好嗎？

② 久別重逢

りょうしん　げんき
9　**両親は元気です。**

ryou sin wa gen ki de su.

父母都很健康。

套進去說說看

こども
子供
ko do mo
孩子

つま
妻
tu ma
老婆

むすこ
息子
mu su ko
兒子

むすめ
娘
mu su me
女兒

こども
子供たち
ko do mo ta ti
孩子們

みんな
min na
大家

ちち
父
ti ti
父親

はは
母
ha ha
母親

10 最近（さいきん）どう？

sa i kin dou.

最近怎麼樣？

---

11 ご無沙汰（ぶさた）しております。

go bu sa ta si te o ri ma su.

久疏問候。

---

12 ずいぶんお会（あ）いしませんでしたね。

zu i bun o a i si ma sen de si ta ne.

好久沒見了啊。

---

13 お元気（げんき）ですか。

o gen ki de su ka.

你好嗎？

---

14 おかげさまで元気（げんき）です。

o ka ge sa ma de gen ki de su.

托您的福，我很好。

② 久別重逢

15 日本で会えるなんて、奇遇ですね！
にほん　　あ　　　　　　　　　きぐう

ni hon de a e ru nan te, ki guu de su ne.

我們竟然能在日本見面，好巧啊！

套進去說說看

早稲田
わせだ
wa se da
早稻田

東京
とうきょう
tou kyou
東京

ここ
ko ko
這兒

北海道
ほっかいどう
ho kka i dou
北海道

札幌
さっぽろ
sa ppo ro
札幌

沖縄
おきなわ
o ki na wa
沖縄

九州
きゅうしゅう
kyuu syuu
九州

大阪
おおさか
o o sa ka
大阪

鹿児島
かごしま
ka go si ma
鹿兒島

福岡
ふくおか
hu ku o ka
福岡

奈良
なら
na ra
奈良

名古屋
なごや
na go ya
名古屋

★ ★ ★

022

1 最近雨ばかりですね。
さいきんあめ

sa i kin a me ba ka ri de su ne.

最近老在下雨啊。

套進去說說看

台風
たいふう

ta i huu

颱風

風
かぜ

ka ze

刮風

雪
ゆき

yu ki

下雪

雷
かみなり

ka mi na ri

打雷

梅雨
つゆ

tu yu

梅雨

曇り
くもり

ku mo ri

陰天

2 どんな天気が好きですか。
てんき　　す

don na ten ki ga su ki de su ka.

你喜歡什麼樣的天氣？

③ 談論天氣

③ <ruby>雨<rt>あめ</rt></ruby>の<ruby>日<rt>ひ</rt></ruby>が<ruby>好<rt>す</rt></ruby>きです。

a me no hi ga su ki de su.

我喜歡下雨天。

套進去說說看

<ruby>晴<rt>は</rt></ruby>れ	<ruby>雪<rt>ゆき</rt></ruby>
ha re	yu ki
晴	雪

④ <ruby>好天<rt>こうてん</rt></ruby>が<ruby>続<rt>つづ</rt></ruby>いていますね。

kou ten ga tu zu i te i ma su ne.

最近持續好天氣。

⑤ この<ruby>冬<rt>ふゆ</rt></ruby>あまり<ruby>寒<rt>さむ</rt></ruby>くないね。

ko no hu yu a ma ri sa mu ku na i ne.

這個冬天不太冷啊。

⑥ <ruby>雨<rt>あめ</rt></ruby>が<ruby>降<rt>ふ</rt></ruby>りそうだ。

a me ga hu ri sou da.

好像要下雨了。

7 天気予報によると、
午後から晴れだそうです。

ten ki yo hou ni yo ru to,

go go ka ra ha re da sou de su.

據天氣預報，下午開始轉晴。

套進去說說看

曇り
ku mo ri
陰天

時雨
si gu re
陣雨

大雨
o o a me
大雨

雪
yu ki
雪

台風
ta i huu
颱風

雨のち曇り
a me no ti ku mo ri
雨轉陰

---

8 東京は上海ほど寒くないです。

tou kyou wa syan ha i ho do sa mu ku na i de su.

東京不如上海冷。

⑤ 上海は滅多に雪が降りませんね。

syan ha i wa me tta ni yu ki ga hu ri ma sen ne.

上海很少下雪啊。

---

⑤ いい天気ですね。

i i ten ki de su ne.

天氣真不錯啊。

---

⑩ この頃、本当に寒いですね。

ko no go ro, hon tou ni sa mu i de su ne.

最近這幾天真冷啊。

套進去說說看

暑い
a tu i
熱

暖かい
a ta ta ka i
暖和

涼しい
su zu sii
涼快

蒸し暑い
mu si a tu i
悶熱

肌寒い
ha da za mu i
有點涼意

023

① 仕事はどう・いかがですか。
しごと

si go to wa dou・i ka ga de su ka.

工作怎麼樣了？

套進去說說看

勉強
べんきょう
ben kyou
學習

論文
ろんぶん
ron bun
論文

お見合い
み あ
o mi a i
相親

病気
びょう き
byou ki
生病

体 の具合
からだ　ぐ あい
ka ra da no gu a i
身體狀況

部活
ぶ かつ
bu ka tu
課外活動

② どうしたの？あまり元気がないね。
げん き

dou si ta no. a ma ri gen ki ga na i ne.

怎麼啦？看起來沒什麼精神啊。

③ 顔色がよくないですね。どうしたんですか。
かおいろ

ka o i ro ga yo ku na i de su ne. dou si tan de su ka.

臉色不太好啊。怎麼啦？

④ 關心他人

④ <ruby>婚活<rt>こんかつ</rt></ruby>はうまくいったの？

kon ka tu wa u ma ku i tta no.

相親順利嗎？

套進去說說看

<ruby>見合<rt>み あ</rt></ruby>い

mi a i

相親

<ruby>仕事<rt>し ごと</rt></ruby>

si go to

工作

<ruby>論文<rt>ろんぶん</rt></ruby>

ron bun

論文

<ruby>就職活動<rt>しゅうしょくかつどう</rt></ruby>

syuu syo ku ka tu dou

就職活動

<ruby>部活<rt>ぶ かつ</rt></ruby>

bu ka tu

課外活動

⑤ <ruby>何<rt>なに</rt></ruby>かあったら、<ruby>相談<rt>そうだん</rt></ruby>に<ruby>乗<rt>の</rt></ruby>ってね。

na ni ka a tta ra, sou dan ni no tte ne.

有事可以找我商量啊。

6 何かわからないことがあったら、言ってください。

na ni ka wa ka ra na i ko to ga a tta ra, i tte ku da sa i.

有不明白的地方就說啊。

---

7 困ったことがあったら、遠慮なく言ってね。

ko ma tta ko to ga a tta ra, en ryo na ku i tte ne.

有什麼為難的事，不要客氣，告訴我啊。

---

8 徹夜は 体 によくないよ。しないほうがいい。

te tu ya wa ka ra da ni yo ku na i yo. si na i hou ga i i.

熬夜對身體不好啊。最好不要熬夜。

套進去說說看

タバコ
ta ba ko
煙

絶食
ze ssyo ku
絕食

4 關心他人

9 病院に行ったほうがいいですよ。

byou in ni i tta hou ga i i de su yo.

最好去一下醫院。

---

10 無理しないほうがいいよ。

mu ri si na i hou ga i i yo.

最好不要勉強。

---

11 二、三日休んだら?

ni, san ni ti ya sun da ra.

休息兩三天吧。

024

1 さようなら。

sa you na ra.

再見。

---

2 じゃ、またね。

zya, ma ta ne.

好，再會啊。

---

3 <ruby>元気<rt>げん き</rt></ruby>でね。

gen ki de ne.

保重啊。

---

4 これで<ruby>失礼<rt>しつれい</rt></ruby>します。

ko re de si tu rei si ma su.

告辭了。

5 またお会いしましょう。

ma ta o a i si ma syou.

再會啊。

---

6 ここでお別れしましょう。

ko ko de o wa ka re si ma syou.

就在這兒告別吧。

---

7 もうかなり遅いので、
そろそろ失礼いたします。

mou ka na ri o so i no de,

so ro so ro si tu rei i ta si ma su.

已經很晚了，差不多該走了。

---

8 また会おうね。

ma ta a ou ne.

再見啊。

9 じゃ、ここで。

zya, ko ko de.

就在這兒分別吧。

---

10 また<ruby>明日<rt>あした</rt></ruby>。

ma ta a si ta.

明天見。

場景5 道別再會

套進去說說看

あさって

a sa tte

後天

<ruby>来週<rt>らいしゅう</rt></ruby>

ra i syuu

下周

<ruby>後<rt>あと</rt></ruby>で

a to de

待會，過會

<ruby>来年<rt>らいねん</rt></ruby>

ra i nen

明年

6 祝賀、稱讚

1 おめでとう。

o me de tou.

恭喜。

---

2 還暦のお祝いを申し上げます。
　　かんれき　　　　いわ　　　　もう　あ

kan re ki no o i wa i wo mou si a ge ma su.

恭祝您 60 大壽生日快樂。

套進去說說看

喜寿
きじゅ

ki zyu

77 歲

米寿
べいじゅ

bei zyu

88 歲

傘寿
さんじゅ

san zyu

80 歲大壽

ご昇進
　しょうしん

go syou sin

升職

栄転
えいてん

ei ten

榮升

3 あけましておめでとうございます。

a ke ma si te o me de tou go za i ma su.

新年快樂。

025

4 お誕生日
たんじょうび

おめでとうございます。

o tan zyou bi

o me de tou go za i ma su.

祝您生日快樂。

套進去說說看

新年
しんねん

sin nen

新年

ご入学
にゅうがく

go nyuu ga ku

入學

合格
ごうかく

gou ka ku

合格

ご卒業
そつぎょう

go so tu gyou

畢業

ご栄進
えいしん

go ei sin

榮升

ご結婚
けっこん

go ke kkon

結婚

ご安産
あんざん

go an zan

安產

ご開業
かいぎょう

go ka i gyou

開業

ご就職
しゅうしょく

go syuu syo ku

就職

5 司法試験合格、おめでとう。

si hou si ken gou ka ku, o me de tou.

祝賀你司法考試順利通過啊。

---

6 部長、ご昇進おめでとうございます。

bu tyou, go syou sin o me de tou go za i ma su.

恭祝您榮升部長。

---

7 ますますのご発展を祈っております。

ma su ma su no go ha tten wo i no tte o ri ma su.

祝您大展宏圖。

---

8 素晴らしい作品のご当選、
おめでとうございます。

su ba ra sii sa ku hin no go tou sen,

o me de tou go za i ma su.

祝賀您佳作入選。

9 良いお年を。

yo i o to si wo.

祝您新年快樂。

---

10 頭 がいいですね。

a ta ma ga i i de su ne.

腦袋真聰明。

套進去說說看

優秀

yuu syuu

優秀

立派

ri ppa

氣派

有能

yuu nou

有才能

おとなしい

o to na sii

老實

かわいい

ka wa ii

可愛

ハンサム

han sa mu

英俊

美人

bi zin

美人

② 鞠躬

説起日本禮儀，不得不談鞠躬文化。商代有一種祭天儀式叫「鞠祭」：牛、羊等被彎卷成鞠形擺到祭處，以表達祭祀者的恭敬與虔誠。這算是未經考證過的最早的鞠禮吧，也有一說是受儒家影響產生的。從漢文化在亞洲文化圈的影響來看，這可以解釋為什麼鞠躬禮多見於東亞國家，如中國、韓國、日本、越南等。但真正將其發揚光大的，還是日本。

「鞠躬」，用日語寫作「お辞儀（じぎ）」，日本人愛鞠躬，真是全世界都出了名。鞠躬文化已經滲透到日本人日常生活的每個細節，每個角落。

鞠躬的用途有三種：

- 打招呼、告別等表示敬意；
- 表示謝意；
- 表示歉意。

鞠躬的動作非常講究：不僅分場合、對象，鞠躬的角度，眼睛看的位置，都有不同要求。拿鞠躬角度來說，日常打招呼彎腰 15 度，商務場景向客人行禮 30 度最常見；婚禮、葬禮、道歉或者向重要人物打招呼等鄭重場合鞠躬 45 度，向天皇行禮則是 90 度。

日本人做自我介紹時，第一次見面時，要説「はじめまして。ha zi me ma si te（初次見面。）」，然後互相鞠躬。他們通常不喜歡握手。另外，日本人不但當面

交談時鞠躬，在接電話的時候，也是如同對方在眼前一樣，邊點頭邊說的。例如在電話裡說「はい。ha i（是，好的。）」的時候，如果不點一下頭，會感覺很不舒服。

最後再列舉幾個具體場景。

背後鞠躬

「背後鞠躬」，是我們在日劇中經常看到的場景。大多數是在目送對方離開時表示謝意。一般為 45 度，並且一定要等到對方離開自己的視線之後才能恢復；這在公司和商務場合是最基本的禮數。不管對方是何種身分，這個禮節都必須做，因為它代表著一個公司的教養和禮儀。去公司參加面試的人離開時，負責面試的人（即使是經理級別）都會送到電梯口（或者公司門口），並且鞠躬 45 度角直到電梯門關閉。

加油站鞠躬

加油站屬服務行業，秉承「顧客就是上帝」的宗旨，鞠躬則是最好的體現。在日本的加油站，司機加完油上車後，工作人員會向車鞠躬 45 度；車離開幾十米後，工作人員仍會一動不動，足足有半分鐘，等到車都

快看不見了才會抬起頭。面對面的鞠躬可以互表敬意，而司機上車後工作人員還這麼「堅持」令人吃驚。大概他們的鞠躬是發自內心的感情傳達，即使對方看不到。

馬 路 上 鞠 躬

在日本過馬路時，車輛都會停下來耐心等待行人通過，行人則會對司機鞠躬致謝。有新聞報道，曾有一個小學生對著為他停車的司機前後鞠了三次躬！

總 統 鞠 躬

當年奧巴馬訪問日本天皇的時候，也曾經對對方 90 度鞠躬，此舉在美國掀起軒然大波。各媒體紛紛批評總統不該對他國皇族卑躬屈膝。其實，作為世界第一強國首腦，能如此謙遜從容地尊重他國的禮儀文化，他的行為是極其大度而得體的，反而令人敬佩。

禮儀，是一個民族面貌的展現，也是一個民族精神的寫照。面對這個高度文明的禮儀之邦，不禁讓我們肅然起敬。

餐廳就餐

日本美食全攻略

① 餐廳點餐

★ ★ ★

026

A: いらっしゃいませ。何名様ですか。

i ra ssya i ma se. nan mei sa ma de su ka.

歡迎光臨。請問是幾位？

B: 一人です。メニューを見せてください。

hi to ri de su. me nyuu wo mi se te ku da sa i.

我一個人。請給我看一下餐牌。

A: 外国の方ですね。
英語のメニューでよろしいですか。

ga i ko ku no ka ta de su ne.

ei go no me nyuu de yo ro sii de su ka.

是外國朋友吧。英文餐牌可以嗎？

B: ありがとうございます。ええと、
チキンコースと野菜サラダをお願いします。

a ri ga tou go za i ma su. ee to,

ti kin koo su to ya sa i sa ra da wo o ne ga i si ma su.

謝謝。嗯，請給我一份雞肉套餐和蔬菜沙律。

A: はい、かしこまりました。少々お待ちください。

ha i, ka si ko ma ri ma si ta. syou syou o ma ti ku da sa i.

好的，明白了。請稍等。

② 餐後點評

027

A: ここのお寿司、お口に合いましたか。

ko ko no o su si, o ku ti ni a i ma si ta ka.

這裡的壽司還合您的口味嗎？

B: ええ、新鮮でとても美味しかったですね。

ee, sin sen de to te mo o i si ka tta de su ne.

嗯。很新鮮，非常美味。

A: じゃ、もっとたくさんどうぞ。

zya, mo tto ta ku san dou zo.

那就再多吃點。

B: もうお腹いっぱいです。

mou o na ka i ppa i de su.

已經很飽了。

A: そうですか。じゃ、そろそろ行きましょうか。

sou de su ka. zya, so ro so ro i ki ma syou ka.

是嗎？那我們走吧。

1 選擇料理

1 中華料理と日本料理、
どっちがいいかな。

tyuu ka ryou ri to ni hon ryou ri,

do tti ga ii ka na.

中國菜和日本料理，哪個好呢？

2 何にしますか。

na ni ni si ma su ka.

吃什麼？

3 どんな料理が好きですか。

don na ryou ri ga su ki de su ka.

你喜歡哪種料理？

028

4 <u>イタリア</u> 料理はどうですか。
<small>りょう り</small>

i ta ri a ryou ri wa dou de su ka.

意大利菜怎麼樣？

套進去說說看

フランス	**ロシア**
hu ran su	ro si a
法國	俄羅斯
インド	**韓國** <small>かんこく</small>
in do	kan ko ku
印度	韓國
広東 <small>カントン</small>	**四川** <small>し せん</small>
kan ton	si sen
廣東	四川

5 何を食べましょうか。
<small>なに</small> <small>た</small>

na ni wo ta be ma syou ka.

吃什麼呢？

6 食<ruby>た</ruby>べたことがないけど。

ta be ta ko to ga na i ke do.

還沒吃過。

---

7 ステーキにしますか、
それとも <ruby>牛 丼<rt>ぎゅうどん</rt></ruby>にしますか。

su tee ki ni si ma su ka,

so re to mo gyuu don ni si ma su ka.

吃牛排還是牛肉蓋飯？

套進去說說看

<ruby>焼 肉<rt>やきにく</rt></ruby>
ya ki ni ku
烤肉

ラーメン
raa men
拉麵

しゃぶしゃぶ
sya bu sya bu
涮火鍋

<ruby>鉄 板 焼き<rt>てっぱん や</rt></ruby>
te ppan ya ki
鐵板燒

<ruby>親子丼<rt>おや こ どん</rt></ruby>
o ya ko don
滑蛋雞肉蓋飯

パスタ
pa su ta
通心粉

8 魚料理と肉料理、どっちがいい？
<small>さかなりょうり にくりょうり</small>

sa ka na ryou ri to ni ku ryou ri, do tti ga ii.

你想吃魚還是吃肉？

---

9 お刺身は食べられますか。
<small>さしみ た</small>

o sa si mi wa ta be ra re ma su ka.

能吃得了魚生嗎？

套進去說說看

お寿司 <small>すし</small> o su si 壽司	納豆 <small>なっとう</small> na ttou 納豆
生もの <small>なま</small> na ma mo no 生的	わさび wa sa bi 芥末
生卵 <small>なまたまご</small> na ma ta ma go 生雞蛋	キムチ ki mu ti 泡菜

10 今日は食べてみよう。
<small>きょう た</small>

kyou wa ta be te mi you.

今天我們嚐嚐看。

② 進入餐廳

1 いらっしゃいませ。

i ra ssya i ma se.

歡迎光臨。

---

2 禁煙席にしますか。
（きんえんせき）

kin en se ki ni si ma su ka.

要選非吸煙區嗎？

---

3 ご予約がありますか。
（よやく）

go yo ya ku ga a ri ma su ka.

您有預約嗎？

---

4 ここでお待ちいただけますか。
（ま）

ko ko de o ma ti i ta da ke ma su ka.

能在這等一會兒嗎？

---

5 何名様ですか。
（なんめいさま）

nan mei sa ma de su ka.

幾位？

029

6 **2 名です。**

ni mei de su.

2 位。

套進去說說看

1 人

hi to ri

1 位

3 人

san nin

3 位

4 人

yo nin

4 位

5 人

go nin

5 位

6 人

ro ku nin

6 位

10 人ぐらい

zyuu nin gu ra i

10 位左右

7 **申し訳ありません。今は満席です。**

mou si wa ke a ri ma sen. i ma wa man se ki de su.

對不起,現在座位滿了。

⑧ いつ頃<ruby>頃<rt>ごろ</rt></ruby>席<ruby>席<rt>せき</rt></ruby>がありますか。

i tu go ro se ki ga a ri ma su ka.

什麼時候有座位？

---

⑨ 窓際<ruby>窓際<rt>まどぎわ</rt></ruby>の席<ruby>席<rt>せき</rt></ruby>がいいんですが。

ma do gi wa no se ki ga iin de su ga.

窗邊的座位比較好。

---

⑩ 少<ruby>少<rt>しょう</rt></ruby>々お待<ruby>待<rt>ま</rt></ruby>ちください。

syou syou o ma ti ku da sa i.

稍等一會。

套進去說說看

5 分<ruby>分<rt>ふん</rt></ruby>ほど	10 分<ruby>分<rt>ぷん</rt></ruby>ほど
go hun ho do	zi ppun ho do
5 分鐘左右	10 分鐘左右
すこし	しばらく
su ko si	si ba ra ku
一點	一會兒
少<ruby>少<rt>すこ</rt></ruby>しだけ	半時間<ruby>半時間<rt>はんじかん</rt></ruby>ぐらい
su ko si da ke	han zi kan gu ra i
一點	半小時左右

③ 點菜下單

030

① すみません、<u>メニュー</u>をください。

su mi ma sen, me nyuu wo ku da sa i.

對不起，請給我餐牌。

套進去說說看

おしぼり
o si bo ri
濕毛巾

取り皿
と　ざら
to ri za ra
小碟子

スプーン
su puun
湯匙

ごはん
go han
米飯

② 中国語のメニューがありますか。
ちゅうごく　ご

tyuu go ku go no me nyuu ga a ri ma su ka.

有中文餐牌嗎？

---

③ これは辛口ですか、甘口ですか。
からくち　　　　あまくち

ko re wa ka ra ku ti de su ka, a ma ku ti de su ka.

這個是辣的還是甜的？

③ 點菜下單

4 もうちょっと 考えさせてください。

mou tyo tto kan ga e sa se te ku da sa i.

讓我再考慮一下。

---

5 もうちょっと 待ってもらえますか。

mou tyo tto ma tte mo ra e ma su ka.

能再等一下嗎？

---

6 おすすめの 料理がありますか。

o su su me no ryou ri ga a ri ma su ka.

有推薦的菜嗎？

---

7 もうお決まりですか。

mou o ki ma ri de su ka.

已經決定好了嗎？

8 決<ruby>き</ruby>まったら呼<ruby>よ</ruby>んでください。

ki ma tta ra yon de ku da sa i.

決定好了再喊我。

....

9 <u>A</u> ランチお願<ruby>ねが</ruby>いします。

ee ran ti o ne ga i si ma su.

我要 A 套餐。

套進去說說看

チャーハン

tyaa han

炒飯

カツ丼<ruby>どん</ruby>

ka tu don

炸豬排

うどん

u don

烏冬

魚<ruby>さかな</ruby>定<ruby>てい</ruby>食<ruby>しょく</ruby>

sa ka na tei syo ku

魚肉套餐

焼<ruby>や</ruby>き餃<ruby>ぎょう</ruby>子<ruby>ざ</ruby>

ya ki gyou za

煎餃

てんぷら

ten pu ra

天婦羅

茶<ruby>ちゃ</ruby>碗<ruby>わん</ruby>蒸<ruby>む</ruby>し

tya wan mu si

日式蒸蛋

3 點菜下單

10 これにします。

ko re ni si ma su.

要這個。

套進去說說看

ビーフ

bii hu

牛肉

ピザ

pi za

薄餅

サラダ

sa ra da

沙律

焼きサンマ

ya ki san ma

煎秋刀魚

卵 焼き

ta ma go ya ki

煎雞蛋

うな丼

u na don

鰻魚飯

野菜ラーメン

ya sa i raa men

蔬菜拉麵

11 注 文を変えてもいいですか。

tyuu mon wo ka e te mo ii de su ka.

我可以換菜嗎？

12 それと同じ<ruby>同<rt>おな</rt></ruby>じものをください。

so re to o na zi mo no wo ku da sa i.

要和那個一樣的。

<ruby>彼女<rt>かのじょ</rt></ruby>

ka no zyo

她

<ruby>あの人<rt>ひと</rt></ruby>

a no hi to

那個人

<ruby>彼<rt>かれ</rt></ruby>

ka re

他

<ruby>友達<rt>ともだち</rt></ruby>

to mo da ti

朋友

<ruby>隣<rt>となり</rt></ruby> の<ruby>人<rt>ひと</rt></ruby>

to na ri no hi to

旁邊的人

みんな

min na

大家

⑬ とりあえずビールをお願いします。

to ri a e zu bii ru wo o ne ga i si ma su.

先來一瓶啤酒吧。

套進去說說看

ホットコーヒー
ho tto koo hii
熱咖啡

ジュース
zyuu su
果汁

お茶
o tya
茶

ウーロン茶
uu ron tya
烏龍茶

カクテル
ka ku te ru
雞尾酒

ジャスミン茶
zya su min tya
茉莉花茶

★ ★ ★

031

1 わあ、おいしそう。

wa a, o i si sou.

哇，看上去很好吃啊。

---

2 いただきます。

i ta da ki ma su.

我開動了。

---

3 お水を一杯いただけますか。
<ruby>みず</ruby> <ruby>いっぱい</ruby>

o mi zu wo i ppa i i ta da ke ma su ka.

能給我一杯水嗎？

④ フォークを落としてしまいました。

foo ku wo o to si te si ma i ma si ta.

我把叉子弄掉了。

▰ **套進去說說看**

お箸
o ha si

筷子

スプーン
su puun

勺子

ナプキン
na pu kin

餐巾

お皿
o sa ra

碟子

コップ
ko ppu

杯子

ナイフ
na i hu

刀

⑤ お箸が汚れてしまいました。

o ha si ga yo go re te si ma i ma si ta.

筷子弄髒了。

6 <u>ナプキン</u>を持ってきていただけますか。

na pu kin wo mo tte ki te i ta da ke ma su ka.

能給我拿一塊餐巾嗎？

套進去說說看

塩
si o
鹽

お醤油
o syou yu
醬油

お酢
o su
醋

砂糖
sa tou
砂糖

ドレッシング
do re ssin gu
調味汁

マヨネーズ
ma yo nee zu
蛋黃醬

7 これ、温めていただけますか。

ko re, a ta ta me te i ta da ke ma su ka.

這個能幫我加熱一下嗎？

8 わあ、すごい量！

waa, su go i ryou.

哇，量真大啊！

④ 上菜之後

⑨ この 料理は 注文していません。
りょうり　　　ちゅうもん

ko no ryou ri wa tyuu mon si te i ma sen.

這個菜我沒點啊。

套進去說說看

スープ
suu pu
湯

サラダ
sa ra da
沙律

魚
さかな
sa ka na
魚

飲み物
の　　もの
no mi mo no
飲料

ライス
ra i su
米飯

パン
pan
麵包

⑩ 他に何かお持ちいたしましょうか。
ほか　なに　　　も

ho ka ni na ni ka o mo ti i ta si ma syou ka.

還需要別的什麼嗎？

⑪ いいえ、結構です。
けっこう

i i e, ke kkou de su.

不用了。

★ ★ ★
032

① **味がちょっとうすいですね。**
あじ

a zi ga tyo tto u su i de su ne.

味道有點淡。

套進去說說看

濃い こ ko i 濃	**塩辛い** しおから si o ka ra i 鹹
辛い から ka ra i 辣	**すっぱい** su ppa i 酸
変 へん hen 怪	**苦い** にが ni ga i 苦

② **これ、イメージと違いますね。**
ちが

ko re, i mee zi to ti ga i ma su ne.

這個和想像的不一樣啊。

③ これ、<ruby>辛<rt>から</rt></ruby>すぎますね。

ko re, ka ra su gi ma su ne.

這個太辣了。

套進去說說看

<ruby>甘<rt>あま</rt></ruby>	<ruby>塩辛<rt>しおから</rt></ruby>
a ma	si o ka ra
甜	鹹
<ruby>硬<rt>かた</rt></ruby>	<ruby>濃<rt>こ</rt></ruby>
ka ta	ko
硬	濃
<ruby>苦<rt>にが</rt></ruby>	すっぱ
ni ga	su ppa
苦	酸

④ <ruby>遅<rt>おそ</rt></ruby>いですね。

o so i de su ne.

好慢啊。

⑤ あまり<ruby>美味<rt>おい</rt></ruby>しくないですね。

a ma ri o i si ku na i de su ne.

不怎麼好吃呢。

6 まだですか。

ma da de su ka.

還沒好嗎？

---

7 注文したものとは違います。

tyuu mon si ta mo no to wa ti ga i ma su.

和我點的東西不一樣呢。

---

8 サービスが悪いね。

saa bi su ga wa ru i ne.

服務態度真差啊。

---

9 味はまあまあだけど、高いね。

a zi wa maa maa da ke do, ta ka i ne.

味道一般，但很貴。

---

10 塩が足りなくてまずい。

si o ga ta ri na ku te ma zu i.

鹽放得不夠，很難吃。

⓫ 冷たくなったピザはまずい。

tu me ta ku na tta pi za wa ma zu i.

薄餅變冷了很難吃。

套進去說說看

豚肉
bu ta ni ku
豬肉

スープ
suu pu
湯

焼肉
ya ki ni ku
烤肉

ビーフ
bii hu
牛肉

ステーキ
su tee ki
牛排

スパゲッティ
su pa ge tti
意大利粉

⓬ これ、頼んでないんですけど…

ko re, ta non de na in de su ke do.

我沒點過這道菜。

6 餐後評價

033

1 今晩の 食 事は
お口に合いますか。

こんばん　しょくじ
くち　あ

kon ban no syo ku zi wa

o ku ti ni a i ma su ka.

今晚的飯菜還合您的口味嗎？

套進去說說看

りょうり
料 理
ryou ri
菜

て りょうり
手 料 理
te ryou ri
親手做的飯菜

ぎょうざ
餃 子パーティー
gyou za paa tii
餃子宴

ちゅうか りょうり
中 華 料 理
tyuu ka ryou ri
中國菜

や
すき焼き
su ki ya ki
牛肉火鍋

ひ なべ
火 鍋
hi na be
火鍋

2 お招きいただいて、ありがとうございます。

まね

o ma ne ki i ta da i te, a ri ga tou go za i ma su.

謝謝您的款待。

③ とても美味しかったです。

to te mo o i si ka tta de su.

非常好吃。

④ お肉は柔らかいです。

o ni ku wa ya wa ra ka i de su.

肉很軟。

⑤ 濃くも薄くもなくてちょうどいい。

ko ku mo u su ku mo na ku te tyou do ii.

味道不濃也不淡剛剛好。

⑥ 食材が新鮮でうまいです。

syo ku za i ga sin sen de u ma i de su.

食材新鮮很好吃。

⑦ 食べられなければ残してもいいですよ。

ta be ra re na ke re ba no ko si te mo ii de su yo.

吃不了剩下也沒關係哦。

8 **さっぱりです。**

sa ppa ri de su.

味道很清爽。

套進去說說看

美味しい
お い

o i sii

好吃

新鮮
しんせん

sin sen

新鮮

こってり

ko tte ri

濃厚

上手い
う ま

u ma i

好吃

まろやか

ma ro ya ka

醇厚

物足りない
もの た

mo no ta ri na i

不夠

9 <u>デザート</u>を食^たべましょう。

de zaa to o ta be ma syou.

我們吃甜點吧。

套進去說說看

ケーキ	**アイスクリーム**
kee ki	a i su ku rii mu
蛋糕	雪糕
プリン	**ゼリー**
pu rin	ze rii
布甸	啫喱
くだもの **果物**	すい か **西瓜**
ku da mo no	su i ka
水果	西瓜
メロン	
me ron	
蜜瓜	

10 もうおなかがいっぱいです。

mou o na ka ga i ppa i de su.

我已經吃得很飽了。

7 結賬付款

★ ★ ★

034

1 お勘定、お願いします。

o kan zyou, o ne ga i si ma su.

麻煩結賬。

2 現金でお支払いですか。

gen kin de o si ha ra i de su ka.

用現金支付嗎？

3 カードが使えますか。

kaa do ga tu ka e ma su ka.

能刷卡嗎？

4 お支払いはどちらですか。

o si ha ra i wa do ti ra de su ka.

在哪兒付錢？

5 カードでお願^{ねが}いします。

kaa do de o ne ga i si ma su.

用卡支付。

---

6 別々^{べつ}・一緒^{いっしょ}でお願^{ねが}いします。

be tu be tu·i ssyo de o ne ga i si ma su.

分開 / 一起支付。

---

7 割^わり勘^{かん}にしましょう。

wa ri kan ni si ma syou.

我們 AA 制吧。

---

8 今日^{きょう}は 私^{わたし} のおごりです。

kyou wa wa ta si no o go ri de su.

今天我請客。

---

9 一万円^{いちまんえん}お預^{あず}かりします。

i ti man en o a zu ka ri si ma su.

收您 1 萬日元。

10 ちょうどいいです。

tyou do ii de su.

剛剛好。

---

11 900 円のお返しです。
<small>えん</small> <small>かえ</small>

kyuu hya ku en no o ka e si de su.

找您 900 日元。

---

12 領 収 書をください。
<small>りょうしゅうしょ</small>

ryou syuu syo wo ku da sa i.

請給我收據。

---

13 ごちそうさまでした。

go ti sou sa ma de si ta.

多謝款待。

8 酒水飲料

1 お飲み物は何になさいますか。

o no mi mo no wa na ni ni na sa i ma su ka.

喝點什麼？

---

2 ワインリストはこちらです。

wa in ri su to wa ko ti ra de su.

這是餐酒單。

---

3 乾杯しましょう。

kan pa i si ma syou.

乾杯。

---

4 もう一杯おねがいします。

mou i ppa i o ne ga i si ma su.

給我再來一杯。

---

5 もうこれ以上飲めません。

mou ko re i zyou no me ma sen.

不能再喝了。

035

6 ワインにします。

wa in ni si ma su.

我要紅酒。

套進去說說看

ブランデー
bu ran dee
白蘭地酒

に ほんしゅ
日本酒
ni hon syu
日本酒

うめしゅ
梅酒
u me syu
梅酒

ビール
bii ru
啤酒

サワー
sa waa
酸味雞尾酒

ウイスキー
u i su kii
威士忌

しょうちゅう
焼 酎
syou tyuu
燒酒

8 酒水飲料

7 ビールもう一杯おかわりください。

bii ru mou i ppa i o ka wa ri ku da sa i.

再來一杯啤酒。

---

8 もう一軒行きましょう。

mou i kken i ki ma syou.

再去一家吧。

---

9 二次会にしましょう。

ni zi ka i ni si ma syou.

換個地方再舉行宴會吧。

---

10 酒を飲むと顔が赤くなります。

sa ke wo no mu to ka o ga a ka ku na ri ma su.

一喝酒臉就紅。

---

11 そのワインはどんな味がしますか。

so no wa in wa don na a zi ga si ma su ka.

那個紅酒是什麼味的？

日本菜

<ruby>寿<rt>す</rt>司<rt>し</rt></ruby>
su si
壽司

<ruby>う<rt></rt>な<rt></rt>丼<rt>どん</rt></ruby>
u na don
鰻魚飯

<ruby>カ<rt></rt>ツ<rt></rt>丼<rt>どん</rt></ruby>
ka tu don
炸豬排

<ruby>味<rt>み</rt>噌<rt>そ</rt>汁<rt>しる</rt></ruby>
mi so si ru
味噌湯

すきやき
su ki ya ki
牛肉火鍋

てんぷら
ten pu ra
天婦羅

おでん
o den
關東煮

<ruby>茶<rt>ちゃ</rt>碗<rt>わん</rt>蒸<rt>む</rt>し</ruby>
tya wan mu si
日式蒸蛋

<ruby>定<rt>てい</rt>食<rt>しょく</rt></ruby>
tei syo ku
套餐

<ruby>揚<rt>あ</rt>げ出<rt>だ</rt>し豆腐<rt>どうふ</rt></ruby>
a ge da si dou hu
炸豆腐

麵類

ラーメン
raa men
拉麵

<ruby>焼<rt>や</rt>きそば</ruby>
ya ki so ba
炒麵

うどん

u don

烏冬

そば

so ba

蕎麥麵

湯

チキンスープ

ti kin suu pu

雞湯

野菜スープ

ya sa i suu pu

蔬菜湯

トマトスープ

to ma to suu pu

番茄湯

クラムチャウダー

ku ra mu tya u daa

周打蜆湯

味噌汁

mi so si ru

味噌湯

雑煮

zou ni

年糕湯

肉類

牛肉

gyuu ni ku

牛肉

豚肉

bu ta ni ku

豬肉

ひつじにく
羊 肉
hi tu zi ni ku
羊肉

こうし にく
仔牛の肉
ko u si no ni ku
小牛肉

とりにく
鳥 肉
to ri ni ku
雞肉

にく
アヒルの肉
a hi ru no ni ku
鴨肉

海鮮

えび
e bi
蝦

カキ
ka ki
蠔

はまぐり
ha ma gu ri
蜆

カニ
ka ni
蟹

さけ
sa ke
鮭魚

たら
ta ra
鱈魚

まぐろ
ma gu ro
金槍魚

さんま
san ma
秋刀魚

さば
sa ba
青花魚

サーモン
saa mon
三文魚

烹調方法

焼く
や
ya ku
燒

蒸し焼き
む　や
mu si ya ki
乾蒸

炒める
いた
i ta me ru
炒

煮込む
に　こ
ni ko mu
煮

茹でる
ゆ
yu de ru
燙

蒸す
む
mu su
蒸

レア
re a
3 分熟

ミディアム
mi di a mu
7 分熟

ウエル・ダン
u e ru·dan
全熟

調味料

塩
しお
si o
鹽

胡椒
こしょう
ko syou
胡椒

わさび
wa sa bi
芥末

酢
す
su
醋

醤油
しょうゆ
syou yu
醬油

カレー
ka ree
咖喱

沙律

野菜サラダ
やさい
ya sa i sa ra da
蔬菜沙律

フルーツサラダ
hu ruu tu sa ra da
水果沙律

ポテトサラダ
po te to sa ra da
薯仔沙律

シーザーサラダ
sii zaa sa ra da
凱撒沙律

蔬菜

キャベツ
kya be tu
椰菜

<ruby>白菜<rt>はくさい</rt></ruby>
ha ku sa i
白菜

<ruby>胡瓜<rt>きゅう り</rt></ruby>
kyuu ri
青瓜

<ruby>人参<rt>にんじん</rt></ruby>
nin zin
胡蘿蔔

<ruby>大根<rt>だいこん</rt></ruby>
da i kon
白蘿蔔

<ruby>豆<rt>まめ</rt></ruby>
ma me
豆子

トマト
to ma to
番茄

ブロッコリー
bu ro kko rii
西蘭花

セロリ
se ro ri
西芹

とうもろこし
tou mo ro ko si
粟米

キノコ
ki no ko
蘑菇

<ruby>茄子<rt>な す</rt></ruby>
na su
茄子

カリフラワー
ka ri hu ra waa
椰菜花

ジャガイモ
zya ga i mo
薯仔

玉ねぎ
たま

ta ma ne gi

洋蔥

大蒜
にんにく

nin ni ku

大蒜

生姜
しょうが

syou ga

生薑

ねぎ

ne gi

大蔥

甜點

アイスクリーム

a i su ku rii mu

雪糕

カステラ

ka su te ra

長崎蛋糕（Castella）

プリン

pu rin

布甸

ケーキ

kee ki

蛋糕

シャーベット

syaa be tto

雪葩

ワッフル

wa hhu ru

窩夫

水果

リンゴ
rin go
蘋果

バナナ
ba na na
香蕉

メロン
me ron
蜜瓜

パパイヤ
pa pa i ya
木瓜

パイナップル
pa i na ppu ru
菠蘿

オレンジ
o ren zi
橙

もも
mo mo
桃

<ruby>苺<rt>いちご</rt></ruby>
i ti go
士多啤梨

<ruby>蜜柑<rt>み かん</rt></ruby>
mi kan
橘子

<ruby>葡萄<rt>ぶ どう</rt></ruby>
bu dou
葡萄

<ruby>梨<rt>なし</rt></ruby>
na si
梨子

スイカ
su i ka
西瓜

日本是與我們一衣帶水的鄰邦，自古以來，日本就深受中國文化的影響。用餐禮儀也是兩國飲食文化的重要組成部分。用餐不單是滿足基本生理需要，也是頭等重要的社交方式。日本的飲食與中國有許多相似之處，但又存在很大差異。

一、用 餐 前

進包廂時，人面朝裡脫下鞋子，蹲坐在廊間，用手將鞋子拎起調頭往內放，或者放在鞋櫃裡，以免他人行走時不小心踢到。坐定後，袋子放在自己的背後。雙腿跪坐，大腿壓住小腿，左右腳掌交疊。不過這樣坐容易疲勞，因此也可以雙腳彎成倒 V 字形，斜坐在墊子上。

二、用 餐 時

1 筷子的擺放和使用

日本人慣用筷子。但日本的筷子大都是圓錐形的，夾物的部分較尖細。在飯店就餐時，取出筷子後，筷袋應縱排於食物左側。筷子則橫擺，用餐中途要將筷子放回筷枕，一樣要橫擺，筷子不能正對他人。筷子上如果沾

有殘餘菜肴，可以用餐巾紙將筷子擦乾淨，不可用嘴去舔筷子。如果沒有筷枕，可以將筷袋輕輕打個結，當作筷枕使用。用餐完畢後，要將筷子放入原來的筷袋並擺回筷枕上。

　　如果使用一次性筷子，要橫著拿筷子，雙手上下逐漸拉開。動作不可以太誇張。拉開後也不能摩擦筷尖。

② 吃魚生

　　來到日本，您一定會有機會品嚐日本的魚生。吃魚生的時候，稍不留意，就很容易把醬油濺在衣服上，所以難免讓人覺得緊張。為了避免這種意外狀況的發生，可以將調味盤拿至胸前，或以紙巾充當托盤。另外，魚生不可蘸太多醬油。如果整塊魚生都泡入醬油內，不僅醬油很容易滴下，而且會使魚生本身的鮮味盡失。

　　吃魚生時使用芥末的方法有兩種：

　　其一：取少許芥末與醬油攪拌均勻備用。其二：將芥末蘸到魚生上，再將魚生蘸醬油吃。蘸佐料時應該蘸前三分之一，輕輕蘸取，不要貪多。

3 味噌汁（味增湯）
<small>み そ しる</small>

對於日本人來說，只要這一餐有米飯，就一定會喝一碗味增湯，就連日本的小學生，在學習餐桌禮儀時也是從喝第一口味增湯開始。味增湯已經成為日本飲食文化中一道必不可少的風景。味增就是黃豆做出的大醬，用這種大醬做出的湯味很濃郁，這種醬湯和海鮮一起煮熟味道會非常鮮美，通常搭配海帶等。味增分為甜和鹹兩種口味，顏色也有紅色、黑色和白色之分。在日本，通常會先喝一口味增湯然後進食米飯，第三口再吃菜。日本人喝湯時通常會用筷子攪一攪。

4 用餐時需要注意的一些地方

吃飯前，雙手合十，説「いただきます。i ta da ki ma su（我開動了。）」，吃完後要説「ごちそうさまでした。go ti sou sa ma de sita（多謝款待。）」，如果別人請客，要記得説「とてもおいしかったです。to te mo o i si ka ttade su（很好吃。）」，這是一種禮節習慣。吃飯或喝湯時，不可以將飯碗或湯碗放在桌上，要用手拿起碗進食。吃飯時不可以把嘴唇放在碗邊，應該用筷子把飯挾起才放進口中，不過吃泡飯時例外。不可

以用左手直接去拿放在右邊的碗碟，應該用右手拿起後再換到左手。

5 別人請客時，不要剩菜

在中國，一般在別人請客時，如果您「不客氣」地將桌上的菜一掃而光，主人一定會認為是菜不夠吃，趕緊去加菜。而在日本卻恰恰相反，如果您刻意剩下一些菜的話，主人則會擔心是否飯菜不合口味。在日本，當別人請客時，最好還是不要剩菜。

6 習慣喝冰水

日本的自來水一般都經過多重消毒過濾，可以直接飲用。公園、遊樂場、圖書館等公共場所都設有免費的飲水處。日本人養成了一年四季喝冰水的習慣。在飯店、拉麵館吃飯，沒有白開水；即使是寒冷的冬天，也會給您上來一杯冰水。

逛街購物

在日本血拼

1 試穿衣物

★ ★ ★

036

A: どうぞご自由に
ごらんくださいませ。

dou zo go zi yuu ni
go ran ku da sa i ma se.

請隨便看。

B: これ、試着してもいいですか。

ko re, si tya ku si te mo ii de su ka.

這件衣服可以試穿嗎？

A: はい。試着室はそちらです。

ha i. si tya ku si tu wa so ti ra de su.

可以。試衣間在那邊。

B: あ、ちょっときついですね。

a, tyo tto ki tu i de su ne.

啊，有點緊呢。

A: そうですね。L サイズに替えましょうか。

sou de su ne.e ru sa i zu ni ka e ma syou ka.

是的。給您換成 L 碼吧。

037

A: もうすぐ帰国(きこく)するんですが、
友達(ともだち)に何(なに)かお土産(みやげ)を
買(か)いたいです。

mou su gu ki ko ku su run de su ga,

to mo da ti ni na ni ka o mi ya ge wo

ka i ta i de su.

我馬上要回國了，
想給朋友買點手信帶回去。

B: いま、「白(しろ)い恋人(こいびと)」が
一番人気(いちばんにんき)のあるものです。

i ma, si ro i ko i bi to ga

i ti ban nin ki no a ru mo no de su.

現在「白之戀人」最受歡迎。

A: そうですか。いろいろありますね。
それぞれおいくらですか。

sou de su ka. i ro i ro a ri ma su ne.

so re zo re o i ku ra de su ka.

是嗎？有很多種啊。分別多少錢？

B: 12 枚入りは 761 円、
　　24 枚入りは 1,522 円、
　　36 枚入りは 2,535 円です。

zyuu ni ma i i ri wa na na hya ku ro ku zyuu i ti en,

ni zyuu yon ma i i ri wa sen go hya ku ni zyuu ni en,

san zyuu ro ku ma i i ri wa ni sen go hya ku san zyuu

go en de su.

12 個裝的是 761 日元，

24 個裝的是 1,522 日元，

36 個裝的是 2,535 日元。

A: じゃ、24 枚入りを 3 箱ください。

zya, ni zyuu yon ma i i ri wo mi ha ko ku da sa i.

那我要 24 個裝的，來 3 盒。

① 銀行兌換

038

**① 人民元を日本円に
変えたいんですが。**

zin min gen wo ni hon en ni

ka e ta in de su ga.

我想把人民幣換成日元。

套進去說說看

ドル
do ru
美元

ユーロ
yuu ro
歐元

フラン
hu ran
瑞士法郎

香港ドル
hon kon do ru
港幣

② お金を変えたいんですが。

o ka ne wo ka e ta in de su ga.

我想換錢。

3 これを日本円に変えてください。

ko re wo ni hon en ni ka e te ku da sa i.

想把這個換成日元。

---

4 千円札を100円10枚に両替してください。

sen en sa tu wo hya ku en zyou ma i ni ryou ga e si te ku da sa i.

麻煩幫我把這一千日元換成 10 枚 100 元硬幣。

---

5 両替するにはパスポートが必要です。

ryou ga e su ru ni wa pa su poo to ga hi tu you de su.

換錢需要護照。

套進去說說看

印鑑
in kan
印章

サイン
sa in
簽名

6 ご希望の金額とパスポートナンバーを
お書きください。

go ki bou no kin ga ku to pa su poo to nan baa wo

o ka ki ku da sa i.

請在這兒填寫您要兌換的金額和護照號碼。

套進去說說看

お名前
o na ma e
姓名

ご住所
go zyuu syo
住址

電話番号
den wa ban gou
電話號碼

7 今の相場では、
日本円１万円は 510 元となります。

i ma no sou ba de wa, ni hon en i ti man en wa go hya

ku zyuu gen to na ri ma su.

現在的匯率是 1 萬日元換 510 人民幣。

① 銀行兌換

⑧ ここにサインしてください。

ko ko ni sa in si te ku da sa i.

請在這兒簽名。

---

⑨ 普通預金にしたいです。
（ふ つう よ きん）

hu tuu yo kin ni si ta i de su.

我想存活期。

---

⑩ 暗証番号を押してください。
（あんしょうばんごう）（お）

an syou ban gou wo o si te ku da sa i.

請輸入密碼。

---

⑪ ご新規の方ですか。
（しん き）（かた）

go sin ki no ka ta de su ka.

是新辦嗎？

---

⑫ 10万円下したいです。
（まんえんおろ）

zyuu man en o ro si ta i de su.

我想取 10 萬日元。

② **商場購物**

★ ★ ★

039

① お土産は何がいいでしょう？

o mi ya ge wa na ni ga ii de syou.

買什麼特產好呢？

② どれが一番人気ですか。

do re ga i ti ban nin ki de su ka.

哪種最受歡迎啊？

③ 少しまけてもらえますか。

su ko si ma ke te mo ra e ma su ka.

能便宜些嗎？

④ 一万円以内のものがいいです。

i ti man en i na i no mo no ga ii de su.

我想買 1 萬日元以內的東西。

套進去說說看

五千円
go sen en
五千日元

千円
sen en
一千日元

二、三千円
ni, san zen en
兩、三千日元

500 円から
千円
go hya ku en ka ra
sen en
500 至 1,000 日元

⑤ 別々に包んでください。

be tu be tu ni tu tun de ku da sa i.

請分開包裝。

6 このお菓子がおすすめです。

ko no o ka si ga o su su me de su.

我推薦這種點心。

套進去說說看

チョコレート
tyo ko ree to
巧克力

温泉卵
on sen ta ma go
温泉雞蛋

饅頭
man zyuu
饅頭

梅干し
u me bo si
梅乾

白い恋人
si ro i ko i bi to
白之戀人
（甜點品牌）

東京バナナ
tou kyou ba na na
東京香蕉蛋糕
（甜點品牌）

7 綺麗に包んでください。

ki rei ni tu tun de ku da sa i.

請包得好看一點。

8 同<small>おな</small>じものを<u>五<small>いつ</small>つ</u>ください。

o na zi mo no wo i tu tu ku da sa i.

同樣的東西要五個。

套進去說說看

10 個 <small>じゅっ こ</small>
zyu kko
10 個

3 箱 <small>み はこ</small>
mi ha ko
3 盒

5 本 <small>ご ほん</small>
go hon
5 支

三つ <small>みっ</small>
mi ttu
三個

③ 試穿衣物

★ ★ ★

040

① M サイズがありますか。

e mu sa i zu ga a ri ma su ka.

有 M 碼嗎？

---

② この<u>ワンピース</u>、赤いのがありますか。

ko no wan pii su, a ka i no ga a ri ma su ka.

這件連衣裙有紅色的嗎？

套進去說說看

ドレス
do re su
女士禮服

T シャツ
tii sya tu
T 恤

セーター
see taa
毛衣

コート
koo to
大衣

スカート
su kaa to
短裙

運動靴
un dou gu tu
運動鞋

③ 試穿衣物

③ 試着してもいいですか。

si tya ku si te mo ii de su ka.

我可以試穿嗎？

---

④ ちょっと大きいですね。

tyo tto oo kii de su ne.

有點大了。

套進去說說看

小さい
tii sa i
小

きつい
ki tu i
緊

長い
na ga i
長

短い
mi zi ka i
短

地味
zi mi
樸素

派手
ha de
花哨

5 このデザインなかなかいいですね。

ko no de za in na ka na ka ii de su ne.

這個款式真不錯。

套進去說說看

いろ
色
i ro
顏色

きじ
生地
ki zi
質地

ひんしつ
品質
hin si tu
質量

お かた
織り方
o ri ka ta
織法

6 ちょうどいいです。

tyou do ii de su.

剛剛好。

きい
7 とても気に入りました。

to te mo ki ni i ri ma si ta.

我很滿意。

8 もう一 着 試してもいいですか。
いっちゃくためし

mou i ttya ku ta me si te mo ii de su ka.

可以再試穿一件嗎？

---

9 軽くて歩きやすいです。
かる　　　ある

ka ru ku te a ru ki ya su i de su.

很輕便，走路起來很舒服。

---

10 お 客 様によく似合いますよ。
きゃくさま　　　に　あ

o kya ku sa ma ni yo ku ni a i ma su yo.

很適合您哦。

---

11 これは絹 100%ですよ。
きぬ

ko re wa ki nu hya ku paa sen to de su yo.

這是 100% 真絲的。

★ ★ ★

041

① このカメラは、おいくらですか。

ko no ka me ra wa,
o i ku ra de su ka.

這個相機多少錢？

套進去說說看

でんし
電子レンジ
den si ren zi
微波爐

キンドル
kin do ru
Kindle

すいはん き
炊飯器
su i han ki
電飯煲

そうじ き
掃除機
sou zi ki
吸塵機

パソコン
pa so kon
電腦

ま ほうびん
魔法瓶
ma hou bin
保溫杯

ぜん ぶ
② 全部でいくらですか。

zen bu de i ku ra de su ka.

全部多少錢？

❸ 3 割引ですので、12,000 円です。

san wa ri bi ki de su no de, i ti man ni sen en de su.

7 折，12,000 日元。

套進去說說看

半額	2 割引
han ga ku	ni wa ri bi ki
半價	8 折

❹ セールはいつまでですか。

see ru wa i tu ma de de su ka.

打折到什麼時候？

---

❺ 本日は、
一部の 商 品は 4 割引になっております。

hon zi tu wa,

i ti bu no syou hin wa yon wa ri bi ki ni na tte o ri ma su.

今天部分商品 6 折。

6 一番安いのはどれですか。

i ti ban ya su i no wa do re de su ka.

最便宜的是哪個？

---

7 セットで少し安くなりますか。

se tto de su ko si ya su ku na ri ma su ka.

整套買能便宜一點嗎？

---

8 ご予算はおいくらですか。

go yo san wa o i ku ra de su ka.

您的預算是多少？

---

9 税込で 10,800 円です。

zei ko mi de i ti man ha ppya ku en de su.

含稅 10,800 日元。

---

10 値札の値段じゃ、ちょっと無理ね。

ne hu da no ne dan zya, tyo tto mu ri ne.

標價太高了。

1 ポイントカードがありますか。

po in to kaa do ga a ri ma su ka.

有積分卡嗎？

---

2 全部で 2,048 円です。
ぜんぶ　　　　　　　　えん

zen bu de ni sen yon zyuu ha ti en de su.

一共 2,048 日元。

---

3 袋 にお入れしますか。
ふくろ　　い

hu ku ro ni o i re si ma su ka.

要裝入袋嗎？

---

4 ポイントカードをお作りしましょうか。
つく

po in to kaa do wo o tu ku ri si ma syou ka.

要辦積分卡嗎？

5 <u>スプーン</u>はお付けいたしますか。

su puun wa o tu ke i ta si ma su ka.

要帶匙子嗎？

套進去說說看

お箸
o ha si
筷子

小匙
ko sa zi
小匙子

ストロー
su to roo
飲筒

6 袋 は一枚 60 円です。

hu ku ro wa i ti ma i ro ku zyuu en de su.

一個袋子 60 日元。

7 すみません、シャンプーはどこですか。

su mi ma sen, syan puu wa do ko de su ka.

請問洗頭水在哪兒？

套進去說說看

ぶんぼう ぐ
文房具
bun bou gu
文具

トイレットペーパー
to i re tto pee paa
廁紙

せんざい
洗剤
sen za i
洗潔精

ちょう み りょう
調味料
tyou mi ryou
調味料

さら
お皿
o sa ra
碟子

8 タイムサービスの時間です。

じ かん

ta i mu saa bi su no zi kan de su.

現在是限時打折時間。

9 全部半額で、お買い得ですよ。

zen bu han ga ku de, o ka i do ku de su yo.

全部半價，很划算哦。

---

10 あの特売の肉はなんですか。

a no to ku ba i no ni ku wa nan de su ka.

那個特價的肉是什麼肉？

---

11 <u>日用品</u>コーナーはどこですか。

ni ti you hin koo naa wa do ko de su ka.

日用品售貨區在哪裡？

套進去說說看

野菜
ya sai
蔬菜

お惣菜
o sou za i
熟食

文房具
bun bou gu
文具用品

輸入食品
yu nyuu syo ku hin
進口食品

1 この炊^{すいはんき}飯器は 中国^{ちゅうごく}で使^{つか}えますか。

ko no su i han ki wa tyuu go ku de tu ka e ma su ka.

這種電飯煲在中國能用嗎？

套進去說說看

ドライヤー
do ra i yaa
風筒

パソコン
pa so kon
電腦

髭^{ひげ}剃^そり
hi ge so ri
剃鬚刀

アイロン
a i ron
熨斗

タブレット
ta bu re tto
平板電腦

掃除機^{そうじき}
sou zi ki
吸塵機

2 掃除^{そうじ}ロボットの使^{つか}い方^{かた}を教^{おし}えてください。

sou zi ro bo tto no tu ka i ka ta wo o si e te ku da sa i.

請教我打掃機械人的使用方法。

③ これが最新型の携帯です。

ko re ga sa i sin ga ta no kei ta i de su.

這是最新款的手機。

套進去說說看

冷蔵庫 rei zou ko 雪櫃	**洗濯機** sen ta ku ki 洗衣機
テレビ te re bi 電視	**ビデオ** bi de o 錄影機
セラミックの包丁 se ra mi kku no hou tyou 陶瓷刀	**便座** ben za 座廁

④ このタブレットは1年間の保証付きです。

ko no ta bu re tto wa i ti nen kan no ho syou tu ki de su.

這個平板電腦可以保養1年。

6 電器、藥妝

5 バッテリーは<ruby>何<rt>なん</rt></ruby><ruby>時<rt>じ</rt></ruby><ruby>間<rt>かん</rt></ruby><ruby>使<rt>つか</rt></ruby>えますか。

ba tte rii wa nan zi kan tu ka e ma su ka.

電池能用多長時間？

---

6 それは<ruby>日<rt>に</rt></ruby><ruby>本<rt>ほん</rt></ruby><ruby>製<rt>せい</rt></ruby>ですか。

so re wa ni hon sei de su ka.

那是日本產嗎？

---

7 <ruby>英<rt>えい</rt></ruby><ruby>語<rt>ご</rt></ruby>の OS がありますか。

ei go no ou e su ga a ri ma su ka.

有英文系統嗎？

---

8 マスカラはどこですか。

ma su ka ra wa do ko de su ka.

睫毛液在哪兒？

9 美白効果の<u>クリーム</u>が欲しいんですが。

bi ha ku kou ka no ku rii mu ga ho siin de su ga.

我想要有美白效果的面霜。

套進去說說看

日焼け止め
hi ya ke do me
防曬霜

化粧水
ke syou su i
化妝水

フェイスマスク
hei su ma su ku
面膜

洗顔料
sen gan ryou
洗面奶

乳液
nyuu e ki
乳液

美容液
bi you e ki
美容液

10 日焼け止めはどれがお勧めですか。

ひ け ど　　　　　　　　　　すす

hi ya ke do me wa do re ga o su su me de su ka.

防曬霜推薦哪款？

套進去說說看

ファンデーション
han dee syon
粉底

口 紅
くちべに
ku ti be ni
唇膏

アイクリーム
a i ku rii mu
眼霜

アイライナー
a i ra i naa
眼線筆

香 水
こうすい
kou su i
香水

頰 紅
ほおべに
hoo be ni
腮紅

化 粧 水
け しょうすい
ke syou su i
化妝水

ローション
roo syon
乳液

⑦ 退換商品

★ ★ ★

044

1 これは<ruby>昨日<rt>きのう</rt></ruby><ruby>買<rt>か</rt></ruby>った<u>もの</u>です。

ko re wa ki nou ka tta mo no de su.

這是昨天買的。

套進去說說看

T シャツ tii sya tu T恤	**<ruby>靴<rt>くつ</rt></ruby>** ku tu 鞋子
ドレス do re su 女士禮服	**コート** koo to 外套
ワンピース wan pii su 連衣裙	**ネクタイ** ne ku ta i 領呔
<ruby>洋服<rt>ようふく</rt></ruby> you hu ku 西裝	**バッグ** ba ggu 袋

2 これがレシートです。

ko re ga re sii to de su.

這是收據。

3 サイズが合わなかったので。

sa i zu ga a wa na ka tta no de.

因為尺寸不合適。

---

4 色があまり気に入らないです。

i ro ga a ma ri ki ni i ra na i de su.

顏色不太喜歡。

套進去說說看

デザイン	生地
de za in	ki zi
設計	質地
手触り	質
te za wa ri	si tu
觸感	質量

5 不良品なので、返品したいんですが。

hu ryou hin na no de, hen pin si ta in de su ga.

商品質量有問題，我想退貨。

6 別の物と取り替えたいのですが。

be tu no mo no to to ri ka e ta i no de su ga.

能幫我換成別的東西嗎？

---

7 返品の理由を聞かせてください。

hen pin no ri yuu wo ki ka se te ku da sa i.

告訴我退貨的理由。

---

8 セール商品なので、返品できません。

see ru syou hin na no de, hen pin de ki ma sen.

這是特價商品，不能退換。

---

9 レシートを持ってレジに行ってください。

re sii to wo mo tte re zi ni i tte ku da sa i.

請拿著收據去收銀台吧。

---

10 返品はできません、ご了承ください。

hen pin wa de ki ma sen, go ryou syou ku da sa i.

不能退貨，請諒解。

衣服

コート
koo to
外套

ジーンズ
ziin zu
牛仔褲

セーター
see taa
毛衣

洋服
ようふく
you hu ku
西裝

ドレス
do re su
女士禮服

ワンピース
wan pii su
連衣裙

ネクタイ
ne ku ta i
領呔

ストッキング
su to kkin gu
長筒襪

Ｔシャツ
tii sya tu
Ｔ恤

ブラウス
bu ra u su
女士襯衫

鞋子

皮靴
かわぐつ
ka wa gu tu
皮鞋

ハイヒール
ha i hii ru
高跟鞋

ブーツ
buu tu
靴子

サンダル
san da ru
涼鞋

<ruby>運動靴<rt>うんどうぐつ</rt></ruby>
運動靴
un dou gu tu
運動鞋

スニーカー
su nii kaa
旅遊鞋

袋子

ハンドバッグ
han do ba ggu
手袋

ショルダーバッグ
syo ru daa ba ggu
肩背包

<ruby>財布<rt>さいふ</rt></ruby>
財布
sa i hu
錢包

アタッシュケース
a ta ssyu kee su
公事包

護膚、化妝品

<ruby>日焼け止め<rt>ひ や ど</rt></ruby>
日焼け止め
hi ya ke do me
防曬霜

ハンドクリーム
han do ku rii mu
護手霜

フェイスマスク
hei su ma su ku
面膜

<ruby>洗顔料<rt>せんがんりょう</rt></ruby>
洗顔料
sen gan ryou
洗面奶

第四單元

逛街購物

乳液
にゅうえき

nyuu e ki

乳液

ファンデーション

han dee syon

粉底

化粧水
け しょうすい

ke syou su i

化妝水

ローション

roo syon

化妝水

頬紅
ほおべに

ho o be ni

腮紅

まゆ墨
ずみ

ma yu zu mi

眉筆

おしろい

o si ro i

蜜粉

美容液
び ようえき

bi you e ki

美容液

口紅
くちべに

ku ti be ni

唇膏

アイクリーム

a i ku rii mu

眼霜

香水
こうすい

kou su i

香水

マスカラ

ma su ka ra

睫毛液

アイシャドー

a i sya doo

眼影

マニキュア

ma ni kyu a

指甲油

常用單詞

電子產品

パソコン
pa so kon
電腦

タブレット
ta bu re tto
平板電腦

キンドル
kin do ru
Kindle

ラジオ
ra zi o
錄音機

デジカメ
de zi ka me
數碼相機

ビデオ
bi de o
錄影帶

スキャナー
su kya naa
掃描器

でんし じ しょ
電子辞書
den si zi syo
電子詞典

家電

テレビ
te re bi
電視

せんたくき
洗濯機
sen ta ku ki
洗衣機

せんぷうき
扇風機
sen puu ki
電風扇

クーラー
kuu raa
冷氣

でん し
電子レンジ
den si ren zi
微波爐

すいはん き
炊飯器
su i han ki
電飯煲

スイッチ
su i tti
開關

そう じ き
掃除機
sou zi ki
吸塵器

か しつ き
加湿器
ka si tu ki
加濕器

れいぞう こ
冷蔵庫
re i zou ko
雪櫃

家具

ソファー
so ha a
沙發

ベッド
be ddo
床

ほんだな
本棚
hon da na
書架

たんす
tan su
抽屜

い す
椅子
i su
椅子

テーブル
tee bu ru
飯桌

被問到去日本做什麼？除了旅遊觀光，很多人會異口同聲地說：血拼！在日本血拼如何做到省時省力又省錢？下面就介紹一些在日本購物的小技巧。

1．バーゲンセール（折扣季）

日本每年有兩次大的折扣季，分別是 12 月到 1 月的跨年折扣季，以及 6 月到 7 月的夏日折扣季。這兩個折扣季不僅打折範圍廣，而且折扣力度相當大，一些商場裡 5 折起售的商品隨處可見，Outlet Mall 更是大打 3、4 折，讓人不禁感歎，就算坐飛機來買也很划算。加上目前日元的匯率正處於低位，日本的退稅額度也從原來的 5% 調整為 8%，2015 年 10 月後，日本還對部分化妝品和食品進行免稅，看到這些好消息，還不趕快行動？

2．對中國人的優惠，免稅

日本買東西都需要加消費稅（税込）, 現在的消費稅是 8%。在大商場掃貨記得留好單據（レシート），超過 1 萬日元可以憑護照辦理退稅。另外，作為免稅條件，其對象為從入國之日起 6 個月之內購買了 10,001 日

元以上物品的人。銀行和郵局的自動提款機一般是 365 天都可以使用。其中，在一部分 ATM 上可以用香港的扣賬卡和信用卡提取日元現金。

3．福　袋

在新年前後，日本的商家會將多件商品裝入布袋或紙盒中，進行搭配銷售，稱為「福袋（福袋）」。從價格而言，福袋的標價一般會遠遠低於福袋中商品的實際價值。例如售價 1 萬日元的福袋，可能會裝入標價為 8、9 萬日元的商品。

對於消費者而言，福袋相當於商場打折優惠，而且在購買時對於福袋內商品的期待感也非常有吸引力。在搶購福袋當天，大家都會很早去商店門口排隊等候。店裡的工作人員則會按照排隊順序，給每人發放順序牌以及福袋內的商品單及簡介。在排隊等候過程中，可以預先挑選自己看中的東西，等候被叫。一般放在福袋中銷售的商品是商家的積壓產品，而非最新款的電子數碼產品、化妝品、日常用品等。

4. 購買各類商品小攻略

護膚品、藥品

藥妝店可以說是東京的一大特色，每條街都能看到藥妝店。日本的藥妝店如「松本清」，是日本最大的藥妝連鎖店，也是我們比較熟知的藥妝店，便宜的藥妝店有「サンドラッグ」，商品本身打 7 折，周日是在此基礎上全場再打 9 折。當然還有一些位於地鐵站、車站、地下購物街等人流頻繁地段的藥妝店，在裡面我們會發現一些折扣更大的化妝品。

周末正是藥妝店大搞促銷、大打折扣的黃金時間，平時 7 折的商品，到了周末可能被貼上特價 5 至 6 折的標籤，但一般只會挑選部分商品特價作為賣點，不妨多跑幾家店比比看。到了周日晚上快營業結束時，店員會更改特價標籤，又變回原價。要記住千萬不要在一家店裡買過多，最好貨比三家。

衣物

日本的商店關門時間比較早，一般商店和購物商場的營業時間是上午 10 點到晚上 8 點，雙休日以及全國假

日也正常營業。百貨公司會在周末的其中一天休息，有些專賣店在星期日和全國假日休息。在日本的 Outlet Mall（名牌折扣商場）可以買到非常便宜的名牌商品。目前，在日本約有 30 個 Outlet Mall，分為室內型和室外型。較大的有：東京台場維納斯城堡、三井 Outlet Park（海濱幕張、木更津）、靜岡縣御殿場 Premium Outlets、輕井澤王子購物廣場、大阪臨空 Premium Outlets 等。較大的購物商場有池袋的 Sunsine City，賣鞋的商店有 ABC Mart 等。除外，日本的運動類產品價格有些都比香港低，如 Nike、Adidas 等。

電子產品、家電

在日本買電子產品非常划算，如電腦、單反相機等。購買電器或者電子用品時，應留意電壓的適用範圍，如電飯煲、風筒等。各個國家的錄放影機制式不同，請確認制式是否正確。拿蘋果產品來說，日本的 Mac 比國內同款便宜約 1200 至 1500 元，iPad 則要便宜 400 至 500 元左右。

交通出行

如何搭乘日本的各種交通工具

A: すみません、区役所まで行きたいんですが。

su mi ma sen, ku ya ku syo ma de in ki ta in de su ga.

不好意思，去區政府要怎麼走？

B: 区役所ですね。
この道を 5 分ほど行って、
右折して、
右側にある 3 番目の白いビルです。

ku ya ku syo de su ne.

ko no mi ti wo go hun ho do i tte,

u se tu si te,

mi gi ga wa ni a ru san ban me no si ro i bi ru de su.

區政府啊，沿著這條路走 5 分鐘，
轉右，右側第 3 棟白色大樓就是。

045

A: 右折(うせつ)って?

ちょっとわからないんですが。

もう一度(いちど)説明(せつめい)してくれますか。

u se tu tte.tyo tto wa ka ra na in de su ga.

mou i ti do se tu mei si te ku re ma su ka.

轉右？我不是太明白。麻煩你能再說一遍嗎？

B: じゃ、区役所(くやくしょ)まで案内(あんない)しましょう。

zya, ku ya ku syo ma de an na i si ma syou.

那我帶你去吧。

A: えっ、いいんですか。すみません。

e, iin de su ka. su mi ma sen.

啊，可以嗎？真不好意思呢。

★ ★ ★

046

A: この 住所に行ってください。

ko no zyuu syo ni i tte ku da sa i.

請去這個地方。

B: 新宿 早稲田通り 2 丁目 3 番地ですね。
40 分くらいかかりますよ。

sin zyu ku wa se da doo ri ni tyou me san ban ti de su ne.

yon zyu ppun gu ra i ka ka ri ma su yo.

新宿區早稻田街 2 丁目 3 號吧？大約要 40 分鐘。

A: そうですか。ちょっと急いでください。

sou de su ka. tyo tto i so i de ku da sa i.

是嗎？請開快一點。

B: この先は道路工事していますが。

ko no sa ki wa dou ro kou zi si te i ma su ga.

但前面在施工呢。

A: じゃ、迂回してください。

zya, u ka i si te ku da sa i.

那我們繞道走吧。

★ ★ ★

047

① 上海までの<u>エコノミークラス</u>を
1枚お願いします。

syan ha i ma de no e ko no mii ku ra su wo

i ti ma i o ne ga i si ma su.

我想買一張到上海的經濟客位機票。

套進去說說看

ビジネス	ファースト
bi zi ne su	haa su to
商務	頭等

② 搭乗手続きはどこでやりますか。

tou zyou te tu du ki wa do ko de ya ri ma su ka.

搭乘手續在哪裡辦理？

3 予約の変更をお願いします。

yo ya ku no hen kou wo o ne ga i si ma su.

我想更改原來的預訂。

套進去說說看

キャンセル
kyan se ru
取消

取り消し
to ri ke si
取消

---

4 搭乗時間は何時ですか。

tou zyou zi kan wa nan zi de su ka.

幾點搭乘？

---

5 パスポートを見せてください。

pa su poo to wo mi se te ku da sa i.

麻煩出示一下護照。

---

6 携帯品申告書を見せてください。

kei ta i hin sin ko ku syo wo mi se te ku da sa i.

請出示攜帶物品申報單。

7 定刻通りに 出 発しますか。

tei ko ku doo ri ni syu ppa tu si ma su ka.

會按時出發嗎？

---

8 別の便はありますか。

be tu no bin wa a ri ma su ka.

還有別的航班嗎？

---

9 登 場 ゲートは 23 番です。

tou zyou gee to wa ni zyuu san ban de su.

登機閘口是 23 號。

---

10 飛行機は 30 分後に到 着 する予定です。

hi kou ki wa san zyu ppun go ni tou tya ku su ru yo tei de su.

飛機預計在半小時後抵達。

---

11 シートベルトをしっかりお締め下さいませ。

sii to be ru to wo si kka ri o si me ku da sa i ma se.

請繫好安全帶。

❶ <ruby>自動券売機<rt>じ どうけんばい き</rt></ruby>はどこですか。

zi dou ken ba i ki wa do ko de su ka.

自動售票機在哪兒？

套進去說說看

<ruby>切符売り場<rt>きっぷ う ば</rt></ruby>

ki ppu u ri ba

售票處

<ruby>自動精算機<rt>じ どうせいさん き</rt></ruby>

zi dou sei san ki

自動精算機

<ruby>改札口<rt>かいさつぐち</rt></ruby>

ka i sa tu gu ti

檢票口

<ruby>3 番出口<rt>ばん で ぐち</rt></ruby>

san ban de gu ti

3 號出口

❷ <ruby>急 行<rt>きゅうこう</rt></ruby>はこの<ruby>駅<rt>えき</rt></ruby>に<ruby>止<rt>と</rt></ruby>まりますか。

kyuu kou wa ko no e ki ni to ma ri ma su ka.

快車在這站停嗎？

048

3 京都駅までの
乗車券をください。
<ruby>京<rt>きょう</rt></ruby><ruby>都<rt>と</rt></ruby><ruby>駅<rt>えき</rt></ruby>
<ruby>乗<rt>じょう</rt></ruby><ruby>車<rt>しゃ</rt></ruby><ruby>券<rt>けん</rt></ruby>

kyou to e ki ma de no

zyou sya ken wo ku da sa i.

請給我到京都站的車票。

套進去說說看

<ruby>大阪<rt>おおさか</rt></ruby>

oo sa ka

大阪

<ruby>横浜<rt>よこはま</rt></ruby>

yo ko ha ma

橫濱

<ruby>奈良<rt>なら</rt></ruby>

na ra

奈良

<ruby>千葉<rt>ちば</rt></ruby>

ti ba

千葉

4 <ruby>片道<rt>かたみち</rt></ruby>・<ruby>往復<rt>おうふく</rt></ruby>を<ruby>お願<rt>ねが</rt></ruby>いします。

ka ta mi ti·ou hu ku wo o ne ga i si ma su.

我要單程 / 來回票。

場景 2

乘電車、地鐵

⑤ チャージしてください。

tyaa zi si te ku da sa i.

請增值。

---

⑥ IC カードを使えば便利です。

ai si kaa do wo tu ka e ba ben ri de su.

用 IC 卡就很方便。

> **套進去說說看**

回数券	定期券
ka i suu ken	tei ki ken
聯票	月票

⑦ 地下鉄の路線図をください。

ti ka te tu no ro sen zu wo ku da sa i.

請給我一張地鐵路線圖。

8 何回乗り換えますか。

なんかい の か

nan ka i no ri ka e ma su ka.

要轉幾次車？

---

9 どのぐらいかかりますか。

do no gu ra i ka ka ri ma su ka.

要花多長時間？

---

10 東京メトロの1日乗車券がお買い得ですよ。

とうきょう　　　　　　にちじょうしゃけん　　　か　どく

tou kyou me to ro no i ti ni ti zyou sya ken ga o ka i do ku de su yo.

買東京地鐵一日票很划算哦。

---

11 山手線はどこで乗り換えますか。

やまのてせん　　　　　　の　か

ya ma no te sen wa do ko de no ri ka e ma su ka.

山手線在哪裡轉車呢？

1 成田空港へのバス乗り場は
どこですか。

na ri ta kuu kou e no ba su no ri ba wa
do ko de su ka.

到成田機場的巴士站在哪兒？

---

2 3番線のバス停は
どこですか。

san ban sen no ba su tei wa
do ko de su ka.

3 號車的巴士站在哪兒？

049

③ 江ノ島行きのバスですか。
<ruby>江ノ島<rt>え の しま ゆ</rt></ruby>

e no si ma yu ki no ba su de su ka.

這是去江之島的巴士嗎？

套進去說說看

鎌倉
<ruby>鎌倉<rt>かまくら</rt></ruby>

ka ma ku ra

鎌倉

お台場
<ruby>お台場<rt>だい ば</rt></ruby>

o da i ba

台場

ディズニーランド

di zu nii ran do

迪士尼樂園

海浜幕張
<ruby>海浜幕張<rt>かいひんまくはり</rt></ruby>

ka i hin ma ku ha ri

海濱幕張

行船公園
<ruby>行船公園<rt>ぎょうせんこうえん</rt></ruby>

gyou sen kou en

行船公園

湯島神社
<ruby>湯島神社<rt>ゆ しまじんじゃ</rt></ruby>

yu si ma zin zya

湯島神社

④ 乗り換えは必要ですか。
<ruby>乗<rt>の</rt></ruby>り<ruby>換<rt>か</rt></ruby>え　<ruby>必要<rt>ひつよう</rt></ruby>

no ri ka e wa hi tu you de su ka.

必須轉車嗎？

⑤ どこで乗り換えですか。

do ko de no ri ka e de su ka.

在哪裡轉車？

---

⑥ 霞ヶ関はいくつ目ですか。

ka su mi ga se ki wa i ku tu me de su ka.

霞關在第幾個站？

套進去說說看

高田馬場
ta ka da no ba ba
高田馬場

池袋
i ke bu ku ro
池袋

渋谷
si bu ya
澀谷

六本木
ro ppon gi
六本木

九段下
ku dan si ta
九段下

目白
me zi ro
目白

早稲田
wa se da
早稲田

東京大学
tou kyou da i ga ku
東京大學

7 どのぐらいかかりますか。

do no gu ra i ka ka ri ma su ka.

要花多長時間？

---

8 着いたら教えていただけますか。

tu i ta ra o si e te i ta da ke ma su ka.

到了之後能告訴我一聲嗎？

---

9 大阪行きの夜行バスは
ここで乗りますか。

oo sa ka yu ki no ya kou ba su wa
ko ko de no ri ma su ka.

去大阪的夜行巴士在這兒乘坐嗎？

③ 乘巴士

⑩ 青春 18 きっぷはどこで買えますか。
<ruby>青<rt>せい</rt>春<rt>しゅん</rt></ruby> 18 きっぷはどこで<ruby>買<rt>か</rt></ruby>えますか。

sei syun zyuu ha ti ki ppu wa do ko de ka e ma su ka.

青春 18 車票在哪裡買？

套進去說說看

一日乗車券
いちにちじょうしゃけん
i ti ni ti zyou sya ken
一日票

周遊券
しゅうゆうけん
syuu yuu ken
周遊券

フリーパス
hu rii pa su
一日通

団体乗車券
だんたいじょうしゃけん
dan ta i zyou sya ken
團體票

④ 乗的士

★ ★ ★

050

① すみません、タクシー乗り場 はどこですか。

su mi ma sen, ta ku sii no ri ba
wa do ko de su ka.

不好意思，的士在哪兒坐？

---

② フジテレビまでお願いします。

hu zi te re bi ma de o ne ga i si ma su.

我要去富士電視台。

套進去說說看

ガーデンホテル
gaa den ho te ru
花園酒店

上野動物園
u e no dou bu tu en
上野動物園

羽田空港
ha ne da kuu kou
羽田機場

成田空港
na ri ta kuu kou
成田機場

記念ホール
ki nen hoo ru
紀念會堂

国立博物館
ko ku ri tu ha ku bu tu kan
國立博物館

4 乘的士

③ もっと急いでもらえますか。

いそ

mo tto i so i de mo ra e ma su ka.

您再快點好嗎？

---

④ ちょっと急いでください。

いそ

tyo tto i so i de ku da sa i.

請開快一點。

套進去說說看

すこし
su ko si
一點

もっと
mo tto
更加

できるだけ
de ki ru da ke
儘可能

なるべく
na ru be ku
儘可能

⑤ ここでとめてください。

ko ko de to me te ku da sa i.

在這兒停吧。

6 ここでちょっと待っててください。

ko ko de tyo tto ma tte te ku da sa i.

在這兒等我一下。

7 この先は道路工事ですので、回り道をします。

ko no sa ki wa dou ro kou zi de su no de, ma wa ri mi ti wo si ma su.

前面在施工，我們要繞道走。

8 領収書をお願いします。

ryou syuu syo wo o ne ga i si ma su.

麻煩幫我開單。

9 3,000 円です。おつりはいいです。

san zen en de su. o tu ri wa ii de su.

這是 3,000 日元。不用找了。

10 大丈夫。暫くしたら通れますよ。

da i zyou bu. si ba ra ku si ta ra too re ma su yo.

沒事，過一會兒就可以通過的了。

① ここをまっすぐ行って、左に曲がって、
5分ほど歩けば着けます。

ko ko wo ma ssu gu i tte, hi da ri ni ma ga tte,

go hun ho do a ru ke ba tu ke ma su.

沿著這條路一直走，轉左走 5 分鐘便是。

② 突き当たりまで行ってください。

tu ki a ta ri ma de i tte ku da sa i.

一直走到頭。

套進去說說看

交差点
kou sa ten
路口

二つ目の信号
hu ta tu me no sin gou
第二個紅綠燈

あの赤いビル
a no a ka i bi ru
那幢紅色樓

あの白い建物
a no si ro i ta te mo no
那幢白色建築

★★★

051

3 ここから三つ目の
信号の 所 です。

ko ko ka ra mi ttu me no

sin gou no to ko ro de su.

從這開始第三個紅綠燈的地方。

---

4 <u>ショッピングセンター</u>はこの道でいいですか。

syo ppin gu sen taa wa ko no mi ti de ii de su ka.

購物中心是沿著這條路走嗎？

套進去說說看

スポーツセンター

su poo tu sen taa

體育中心

教育センター

kyou i ku sen taa

教育中心

博物館

ha ku bu tu kan

博物館

議事堂

gi zi dou

議事堂

国立劇場

ko ku ri tu ge ki zyou

國立劇場

美術館

bi zyu tu kan

美術館

⑤ 自駕旅遊

⑤ この道をまっすぐ行ったところです。

ko no mi ti wo ma ssu gu i tta to ko ro de su.

沿著這條路直走便是。

---

⑥ この辺りは不案内です。

ko no a ta ri wa hu an na i de su.

我對這附近不熟悉。

---

⑦ どうしたんですか。
こんなに道が混んでいるなんて。

dou si tan de su ka.

kon na ni mi ti ga kon de i ru nan te.

怎麼了？路上這麼擁擠。

---

⑧ ここは駐車してもいいですか。

ko ko wa tyuu sya si te mo ii de su ka.

這裡可以停車嗎？

9 レギュラーで、満タンにしてください。

re gyu ra a de, man tan ni si te ku da sa i.

普通汽油，加滿。

---

10 皇居までどのぐらいありますか。

kou kyo ma de do no gu ra i a ri ma su ka.

去皇居要多久？

套進去說說看

新橋
sin ba si

新橋

奈良公園
na ra kou en

奈良公園

金閣寺
kin ka ku zi

金閣寺

道頓堀
dou ton bo ri

道頓堀

九州大学
kyuu syuu da i ga ku

九州大學

札幌
sa ppo ro

札幌

⑥ 問路

1 まいご
迷子になっちゃったみたいなんですが。

ma i go ni na ttya tta mi ta i nan de su ga.

我好像迷路了。

---

2 とうきょうえき
東京駅までのバスがありますか。

tou kyou e ki ma de no ba su ga a ri ma su ka.

有去東京站的巴士嗎？

套進去說說看

なりたくうこう
成田空港
na ri ta kuu kou
成田機場

はねだくうこう
羽田空港
ha ne da kuu kou
羽田機場

いばらきくうこう
茨城空港
i ba ra ki kuu kou
茨城機場

きょうとえき
京都駅
kyou to e ki
京都站

あきはばら
秋葉原
a ki ha ba ra
秋葉原

つくばだいがく
築波大学
tu ku ba da i ga ku
築波大學

052

③ 明治神宮へ行きたいんですが。
<ruby>明<rt>めい</rt></ruby><ruby>治<rt>じ</rt></ruby><ruby>神<rt>じん</rt></ruby><ruby>宮<rt>ぐう</rt></ruby>へ<ruby>行<rt>い</rt></ruby>きたいんですが。

mei zi zin guu e i ki ta in de su ga.

我想去明治神宮。

套進去說說看

歌舞伎町
<ruby>歌<rt>か</rt></ruby><ruby>舞<rt>ぶ</rt></ruby><ruby>伎<rt>き</rt></ruby><ruby>町<rt>ちょう</rt></ruby>

ka bu ki tyou

歌舞伎町

中国大使館
<ruby>中<rt>ちゅう</rt></ruby><ruby>国<rt>ごく</rt></ruby><ruby>大<rt>たい</rt></ruby><ruby>使<rt>し</rt></ruby><ruby>館<rt>かん</rt></ruby>

tyuu go ku ta i si kan

中國大使館

区役所
<ruby>区<rt>く</rt></ruby><ruby>役<rt>やく</rt></ruby><ruby>所<rt>しょ</rt></ruby>

ku ya ku syo

區政府

市役所
<ruby>市<rt>し</rt></ruby><ruby>役<rt>やく</rt></ruby><ruby>所<rt>しょ</rt></ruby>

si ya ku syo

市政府

表参道
<ruby>表<rt>おもて</rt></ruby><ruby>参<rt>さん</rt></ruby><ruby>道<rt>どう</rt></ruby>

o mo te san dou

表參道

渋谷
<ruby>渋<rt>しぶ</rt></ruby><ruby>谷<rt>や</rt></ruby>

si bu ya

澀谷

④ すみませんが、道を教えていただけませんか。
すみませんが、<ruby>道<rt>みち</rt></ruby>を<ruby>教<rt>おし</rt></ruby>えていただけませんか。

su mi ma sen ga, mi ti wo o si e te i ta da ke ma sen ka.

不好意思，能給我指一下路嗎？

⑤ すみません、ここはどこですか。

su mi ma sen, ko ko wa do ko de su ka.

對不起，這裡是哪兒？

---

⑥ あのう、東^{ひがし}はどちらでしょうか。

a nou, hi ga si wa do ti ra de syou ka.

請問哪邊是東邊？

---

⑦ 秋葉原^{あきはばら}へはどう行^いくんですか。

a ki ha ba ra e wa dou i kun de su ka.

去秋葉原怎麼走？

---

⑧ 山手線^{やまのてせん}で秋葉原駅^{あきはばらえき}で 降^おりればいいです。

ya ma no te sen de a ki ha ba ra e ki de

o ri re ba ii de su.

坐山手線在秋葉原站下就行。

⑨ 歩いたらどのぐらいかかりますか。

a ru i ta ra do no gu ra i ka ka ri ma su ka.

步行要多久？

- -

⑩ 六本木へ行きたいんですが、
どのバスに乗ったらいいですか。

ro ppon gi e i ki ta in de su ga,

do no ba su ni no tta ra ii de su ka.

我想去六本木，應該乘坐哪輛車？

套進去說說看

うえ の こうえん
上野公園
u e no kou en
上野公園

きよみずでら
清水寺
ki yo mi zu de ra
清水寺

きんかく じ
金閣寺
kin ka ku zi
金閣寺

あさくさ
浅草
a sa ku sa
淺草

とうきょう
東京タワー
tou kyou ta waa
東京塔

スカイツリー
su ka i tu rii
晴空樹

⑤ 櫻花前線

　　櫻花被譽為日本的國花。因日本地形狹長、南北溫差大，旅客可以在很長時間內看到櫻花美景。櫻花由溫暖的日本列島南端向北方依次開放，因此形成一條由南向北推進的「櫻花前線」。櫻花愛好者可趁此機會追趕「櫻花前線」北上，飽覽各地風光。「櫻花前線」是預測日本各地櫻花開花日期的地圖線，往年都在每年三月的第一個星期三起由日本氣象廳發佈。

各 個 城 市 的 櫻 花 開 放 時 節

　　日本櫻花開放最早的地方是沖繩島本部町「八重岳」山地一帶，每年 1 月中旬，約 4,000 株緋寒櫻已迫不及待要展示花姿。最遲盛放的則是「千島 桜（ちしまさくら）」。這種櫻花往往到 5 月中至下旬才開花，北海道及本州部分高山地帶都可見其花蹤。

　　日本各個城市的櫻花開放時間，呈由南往北順序推進。大概開花時間如下：

3 月 23 日　　福岡（ふくおか）, 鹿児島（かごしま）

3 月 24 日　　広島（ひろしま）

3 月 26 日　　大阪（おおさか）

3月27日	高松、名古屋、靜岡、東京
3月28日	京都
3月31日	松江
4月03日	宇都宮
4月05日	金沢
4月10日	新潟
4月11日	仙台
4月13日	長野
4月21日	盛岡
4月24日	青森
5月01日	函館
5月04日	札幌

各個主要城市的賞櫻名所及看點

【東京】

北丸公園千鳥ケ淵： 　湖水如碧玉，兩岸櫻花層次感分明，如在油畫中。

目黒川（めぐろがわ）： 染井吉野櫻花開滿河的兩岸，美不勝收。

代々木公園（よよぎこうえん）： 可坐在草坪上欣賞櫻花美景。

戸山公園（とやまこうえん）： 粉紅色櫻花，以及箱根山上櫻花四面飛舞的美景。

上野公園（うえのこうえん）： 適合家人朋友一起，櫻花樹下吃便當。

浜離宮 恩賜庭園（はまりきゅうおんしていえん）： 日式庭園，花景與水景交融。

八重洲さくら通り（やえすどお）： 東京站附近，交通便利。

【京都】（きょうと）

清水寺（きよみずでら）： 京都最壯觀的欣賞角度，夜櫻則有詭異之美。

八坂神社<ruby>八坂神社<rt>やさかじんじゃ</rt></ruby>：　月下賞櫻最美。

<ruby>東寺<rt>とうじ</rt></ruby>：　五重塔為背景的櫻花，是古都的標誌性建築。

<ruby>哲学の道<rt>てつがく　みち</rt></ruby>：　花瓣飛舞的浪漫大道。

<ruby>園山公園<rt>まるやまこうえん</rt></ruby>：　夜櫻最有名。

【<ruby>大阪<rt>おおさか</rt></ruby>】

<ruby>万博記念公園<rt>ばんぱくきねんこうえん</rt></ruby>：　日本櫻花名所百選之一，有「染井吉野」「山櫻」「垂枝櫻樹」等 9 個品種、約 5,500 株櫻花。

<ruby>大阪西の丸庭園<rt>おおさかにし　まるていえん</rt></ruby>：　櫻花與典雅而清麗的古建築，一景一物皆蘊透著春色春香。

<ruby>大阪さかい浜寺公園<rt>おおさか　はまじこうえん</rt></ruby>：　松林與粉色櫻花交相輝映。

【北海道】
_{ほっかいどう}

清隆寺：
_{せいりゅうじ}
這裡是日本櫻花開得最晚的地方。千島櫻粉色花蕾、純白色花瓣，十分漂亮。

松前公園：
_{まつまえこうえん}
以松前公園為中心，可欣賞到各種櫻花盛開時的千姿百態。

旭川公園：
_{あさひかわこうえん}
2,000 棵櫻樹上的爛漫櫻花在夜色的燈光下別有一番情趣。

商 品

櫻花可以被製成各種食物、糕點，如櫻花餅、櫻花咖喱、櫻花壽司、櫻花酒、櫻花湯、櫻花丸子等。

通訊聯絡

日本的各種通訊手段

A: **もしもし、**
小野でございます。
<ruby>小<rt>お</rt></ruby><ruby>野<rt>の</rt></ruby>

mo si mo si,

o no de go za i ma su.

喂，這裡是小野家。

B: **こんにちは。**
メイちゃんの友達の李ですが。
<ruby>友達<rt>ともだち</rt></ruby> <ruby>李<rt>り</rt></ruby>

kon ni ti wa.

mei tyan no to mo da ti no ri de su ga.

您好。我是小明的朋友小李。

A: **あ、あいにくメイは今家にいませんが、**
どうしましたか。
<ruby>今家<rt>いまうち</rt></ruby>

a, a i ni ku mei wa i ma u ti ni i ma sen ga,

dou si ma si ta ka.

啊，真不湊巧，小明現在不在家。你有什麼事嗎？

053

B: じゃ、帰ったら電話してくださいって
お伝えいただけますか。

zya, ka e tta ra den wa si te ku da sa i tte

o tu ta e i ta da ke ma su ka.

那等她回來，能麻煩您讓她給我回個電話嗎？

A: はい、わかりました。
この番号にですね。

ha i, wa ka ri ma si ta.

ko no ban gou ni de su ne.

好的。是這個號碼吧？

A: これを 中国 上海に
送りたいんですが。

ko re wo tyuu go ku syan ha i ni

o ku ri ta in de su ga.

我想把這個包裹寄到上海。

B: 中に液体の物が
入っていますか。

na ka ni e ki ta i no mo no ga

ha i tte i ma su ka.

裡面裝了液體的東西嗎？

A: いいえ、本しか入っていません。
EMS でどのぐらいかかりますか。

ii e, hon si ka ha i tte i ma sen.

i e mu e su de do no gu ra i ka ka ri ma su ka.

沒有，只有書。寄 EMS 多久能到？

054

B: 普通 1 週間ぐらいです。
　1.5 キロで 1,600 円です。

hu tuu i ssyuu kan gu ra i de su.

i tten go ki ro de sen ro ppya ku en de su.

一般一個星期之內能到。

共 1.5 公斤，1,600 日元。

A: はい、わかりました。

ha i, wa ka ri ma si ta.

好的。

1 お電話番号を教えてください。

o den wa ban gou wo o si e te ku da sa i.

請告訴我你的電話號碼。

---

2 お問い合わせの中国の国番号は
86 でございます。

o to i a wa se no tyuu go ku no ku ni ban gou wa
ha ti zyuu ro ku de go za i ma su.

您所諮詢的中國區號是 86。

---

3 山田さんは今別の電話に
出ていますが。

ya ma da san wa i ma be tu no den wa ni
de te i ma su ga.

山田現在正在打電話。

055

④ はい、<ruby>李明華<rt>り めい か</rt></ruby>です。

ha i, ri mei ka de su.

嗯，我是李明華。

套進去說說看

<ruby>日中 商事<rt>にっちゅうしょう じ</rt></ruby>

ni ttyuu syou zi

日中商社

<ruby>三菱 商事<rt>みつびししょう じ</rt></ruby>

mi tu bi si syou zi

三菱商事

<ruby>小 林<rt>こ ばやし</rt></ruby>

ko ba ya si

小林

<ruby>張<rt>ちょう</rt></ruby>

tyou

張

<ruby>トヨタ自動車<rt>じ どうしゃ</rt></ruby>

to yo ta zi dou sya

豐田汽車

<ruby>松下電器<rt>まつしたでん き</rt></ruby>

ma tu si ta den ki

松下電器

⑤ <ruby>ただいま話し 中<rt>はな ちゅう</rt></ruby> ですが、
<ruby>お待ち<rt>ま</rt></ruby>になりますか。

ta da i ma ha na si tyuu de su ga,
o ma ti ni na ri ma su ka.

現在正在接電話，請稍等。

場景1

243

電話、手機

6 失礼ですが、どなたさまでしょうか。

si tu rei de su ga, do na ta sa ma de syou ka.

對不起，您是哪位？

---

7 はい、もしもし。

ha i, mo si mo si.

喂，喂。

---

8 はい、わかりました。すぐ呼んでまいります。

ha i, wa ka ri ma si ta. su gu yon de ma i ri ma su.

好的，明白了。馬上去叫。

---

9 小林さん、李さんからのお電話です。

ko ba ya si san, ri san ka ra no o den wa de su.

小林，是小李的電話。

---

10 お電話変りました。小林です。

o den wa ka wa ri ma si ta. ko ba ya si de su.

電話轉接過來了。我是小林。

11 ああ、すみません。間違<ruby>違<rt>まちが</rt></ruby>えました。

aa, su mi ma sen. ma ti ga e ma si ta.

啊，抱歉，我弄錯了。

---

12 じゃ、バイバイ。

zya, ba i ba i.

拜拜。

---

13 では、失礼<ruby>失礼<rt>しつれい</rt></ruby>します。

de wa, si tu rei si ma su.

那先掛了。

---

14 お待<ruby>待<rt>ま</rt></ruby>たせいたしました、鈴木<ruby>鈴木<rt>すずき</rt></ruby>です。

o ma ta se i ta si ma si ta, su zu ki de su.

讓您久等了，我是鈴木。

② 發送郵件

1 いつもお世話になっております。

i tu mo o se wa ni na tte o ri ma su.

總是承蒙您的照顧。

---

2 ご無沙汰しております。

go bu sa ta si te o ri ma su.

久疏問候。

---

3 ご返信有難うございます。

go hen sin a ri ga tou go za i ma su.

謝謝您的回信。

---

4 これからもよろしくお願いいたします。

ko re ka ra mo yo ro si ku o ne ga i i ta si ma su.

今後也請您多多關照。

056

5 りゅうがく けん りょうかい
留学の件、了解しました。

ryuu ga ku no ken, ryou ka i si ma si ta.

留學的事情，我知道了。

套進去說說看

とうこう
投稿
tou kou
投稿

ろんぶん
論文
ron bun
論文

し ごと
仕事
si go to
工作

アルバイト
a ru ba i to
打工

きゅう か
休暇
kyuu ka
休假

しゅくはくりょう
宿泊料
syu ku ha ku ryou
住宿費

② 發送郵件

6 お手数をおかけしてすみません。
<small>て すう</small>

o te suu wo o ka ke si te su mi ma sen.

給你添麻煩了，不好意思。

套進去說說看

ご迷惑	ご面倒
<small>めいわく</small>	<small>めんどう</small>
go mei wa ku	go men dou
麻煩	麻煩

7 実は留学の手続きについてですが。
<small>じつ りゅうがく て つづ</small>

zi tu wa ryuu ga ku no te tu du ki ni tu i te de su ga.

我想詢問有關留學手續的事情。

套進去說說看

寮の予約	奨学金の申請
<small>りょう よ やく</small>	<small>しょうがくきん しんせい</small>
ryou no yo ya ku	syou ga ku kin no sin sei
預約宿舍	申請獎學金

論文の内容	ビザの申請
<small>ろんぶん ないよう</small>	<small>しんせい</small>
ron bun no na i you	bi za no sin sei
論文內容	申請簽證

保証金	旅行費用
<small>ほ しょうきん</small>	<small>りょこう ひ よう</small>
ho syou kin	ryo kou hi you
保證金	旅行費用

8 寒い中、お体、気をつけてください。

sa mu i na ka, o ka ra da, ki wo tu ke te ku da sa i.

天氣嚴寒，請您注意身體。

---

9 先日はありがとうございました。

sen zi tu wa a ri ga tou go za i ma si ta.

前些天多謝啦！

---

10 引き続きよろしくお願いします。

hi ki tu du ki yo ro si ku o ne ga i si ma su.

今後也請多多關照。

---

11 迅速なるご返信
どうも有難うございます。

zin so ku na ru go hen sin

dou mo a ri ga tou go za i ma su.

感謝您的快速回覆。

③ 寄送包裹

1 航空便ですか。船便ですか。

kou kuu bin de su ka. hu na bin de su ka.

是空運還是船運？

---

2 航空便だといくらですか。

kou kuu bin da to i ku ra de su ka.

空運的話多少錢？

---

3 1キロでおいくらですか。

i ti ki ro de o i ku ra de su ka.

1公斤多少錢？

---

4 郵送料はいくらですか。

yuu sou ryou wa i ku ra de su ka.

運費多少錢？

---

5 船便ならどのぐらいで着きますか。

hu na bin na ra do no gu ra i de tu ki ma su ka.

船運多久能到？

057

⑥ 航空便<ruby>こうくうびん</ruby>でお願<ruby>ねが</ruby>いします。

kou kuu bin de o ne ga i si ma su.

麻煩給我寄空運。

套進去說說看

書留<ruby>かきとめ</ruby>

ka ki to me

掛號信

船便<ruby>ふなびん</ruby>

hu na bin

船運

普通<ruby>ふつう</ruby>の便<ruby>びん</ruby>

hu tuu no bin

普通件

国際<ruby>こくさい</ruby> EMS

ko ku sa i i e mu e su

國際 EMS

---

⑦ 小包<ruby>こづつ</ruby>みは距離<ruby>きょり</ruby>と重量<ruby>じゅうりょう</ruby>によって計算<ruby>けいさん</ruby>します。

ko du tu mi wa kyo ri to zyuu ryou ni yo tte kei san si ma su.

包裹的價錢按照距離和重量來計算。

---

⑧ 中<ruby>なか</ruby>には何<ruby>なに</ruby>が入<ruby>はい</ruby>っていますか。

na ka ni wa na ni ga ha i tte i ma su ka.

裡面裝了什麼？

⑨ **服と本**です。

hu ku to hon de su.

衣服和書。

套進去說說看

食べ物
ta be mo no
食物

書類
syo ru i
文件

文房具
bun bou gu
文具

食品
syo ku hin
食品

レコード
re koo do
唱片

ノート
noo to
筆記本

---

⑩ **いつ届きますか。**

i tu to do ki ma su ka.

什麼時候到？

11 十日間（とおかかん）ぐらいで届（とど）くと思（おも）います。

too ka kan gu ra i de to do ku to o mo i ma su.

我想十天左右能到。

一週間（いっしゅうかん）

i ssyuu kan

一周

半月（はんつき）

han tu ki

半個月

一ヶ月（いっげつ）

i kka ge tu

一個月

三日間（みっかかん）

mi kka kan

三天

1 荷物を送りたいんですが、
家まで来てもらえますか。

ni mo tu wo o ku ri ta in de su ga,

i e ma de ki te mo ra e ma su ka.

我想寄行李，能來我家一趟嗎？

---

2 ご住所と電話番号を教えてください。

go zyuu syo to den wa ban gou wo o si e te ku da sa i.

請告知你家的地址和電話。

套進去說說看

お名前	連絡先
o na ma e	ren ra ku sa ki
姓名	地址

3 10分後に着きます。

zyu ppun go ni tu ki ma su.

10分鐘後到。

058

4 壊<small>こわ</small>れやすいものがありますか。

ko wa re ya su i mo no ga a ri ma su ka.

有易碎品嗎？

---

5 この小包<small>こ づつ</small>みは 重 量 制限内<small>じゅうりょうせいげんない</small>です。

ko no ko du tu mi wa zyuu ryou sei gen na i de su.

這個包裹沒有超重。

---

6 明日<small>あした</small>の夕方 着<small>ゆうがたちゃく</small> でお願<small>ねが</small>いします。

a si ta no yuu ga ta tya ku de o ne ga i si ma su.

拜託明天傍晚前寄到。

---

7 1キロでおいくらですか。

i ti ki ro de o i ku ra de su ka.

1 公斤多少錢？

4 快遞服務

8 宅配便です。

ta ku ha i bin de su.

是快遞。

---

9 ここにサインお願いします。

ko ko ni sa in o ne ga i si ma su.

請在這裡簽名。

---

10 お荷物を取りに来たヤマト運輸のものです。

o ni mo tu wo to ri ni ki ta ya ma to un yu no mo no de su.

我是大和運輸公司的,來取件。

套進去說說看

佐川 急 便
sa ga wa kyuu bin
佐川宅急便

日本 郵 便
ni hon yuu bin
日本郵政

福山通運
hu ku ya ma tuu un
福山運輸

クロネコヤマト
ku ro ne ko ya ma to
黑貓大和

日期	節日
1 月 1 日	しんねん 新 年 sin nen

新年，12 月 29 日至 1 月 3 日放假。除夕前要
大掃除，並在門口掛稻草繩（「注連繩」），門
前擺松、竹、梅（「門松」），取意吉利。元旦
早上吃年糕湯（「雑煮」）

1 月 15 日	せいじん ひ 成人の日 sei zin no hi

成人節，向全國本年度年滿 20 歲的青年男女表
示祝福。市政府會為他們主持特別的成人禮儀
式，並頒發證書

2 月 11 日	けんこく き ねんび 建国記念日 ken ko ku ki nen bi

建國紀念日，按照《日本書紀》記載的神武天皇
即位日 2 月 11 日而制定的日本節日

6 日本的節日及主要景點

日期	節日
3 月 20 日前後	しゅんぶん ひ 春 分 の日 syun bun no hi

春分，歌頌自然，愛護生物

日期	節日
4 月 29 日	しょうわ ひ 昭 和 の日 syou wa no hi

昭和天皇誕辰日，自 2007 年起取代原來的綠之日實施

日期	節日
5 月 3 日	けんぽう き ねん び 憲 法 記念 日 ken pou ki nen bi

憲法紀念日，1947 年的這一天，日本廢除了明治憲法，實施新憲法

日期	節日
5 月 5 日	こども ひ 子供 の日 ko do mo no hi

兒童節，也叫男孩節，有男孩的家庭會在門口掛鯉魚旗；這一天同時也是端午節，屋內掛鍾馗驅鬼圖，吃去邪的糕團

日期	節日
7 月 20 日	うみ ひ 海の日 u mi no hi

海洋日，從 1996 年起成為國民紀念日。日本四面環海，為了感謝海洋的恩惠，祈禱國運昌隆

農曆 7 月 15 日左右	ぼん お盆 o bon

盂蘭盆節，原是追祭祖先、祈禱冥福的日子，現已是家庭團圓、合村歡樂的節日。各企業均放假 7 至 15 天，人們趕回故鄉團聚。小鎮人穿著夏季的單和服跳盂蘭盆舞

9 月 23 日前後	しゅうぶん ひ 秋分の日 syuu bun no hi

秋分，天皇秋季祭祖的日子

九月的第三個周一	けいろう ひ 敬老の日 kei rou no hi

敬老日，開展敬老活動，為老人體檢、整理修繕房屋、敬贈紀念品、組織慰問等

⑥ 日本的節日及主要景點

日期	節日
10 月的第二個周一	文化小貼士いく　ひ **体　育の日** ta i i ku no hi

體育節，紀念 1964 年第十八屆奧運會在日本東京開幕

11 月 3 日	ぶん か　ひ **文化の日** bun ka no hi

文化日，主題為「愛自由，愛平等，促進文化發展」，對文化事業有卓越貢獻者授予「文化勳章」

11 月 15 日	しち ご さん **七五三** si ti go san

「七五三」節，3 歲和 5 歲的男孩、3 歲和 7 歲女孩穿上鮮豔的和服去參拜神社，吃「赤豆飯」「千歲糖」，希望孩子們活潑健壯地成長

11 月 23 日	きんろうかんしゃ　ひ **勤労感謝の日** kin rou kan sya no hi

勤勞感謝日，提倡勤勞，慶賀生產發展，國民之間相互感謝

日期	節日
12 月 23 日	てんのうたんじょうび 天皇誕生日 ten nou tan zyou bi

天皇誕生日，明仁天皇於 1933 年 12 月 23 日出生

12 月 31 日	じょや 除夜 zyo ya

除夕，吃蕎麥麵，各寺廟敲鐘 108 下

各大城市適合旅遊的時節

とうきょうおよ　　　　しゅうへん
【東京及びその周辺】

一年四季皆宜。主要景點有：

こうきょ
皇居：天皇及其家庭成員居住的宮殿。皇宮的大部分（包括宮殿本身），隱蔽在厚厚的石牆、古老的樹木和江戶時期的護城河內。外苑有二重橋，典雅莊重，護城河碧水蕩漾，天鵝閒遊，自然祥和，宛若在畫中。

せんそうじ
浅草寺：東京都內最古老的寺院。其中有本殿的天頂畫、五重塔等景點。入口處掛著的紅燈籠寫著「雷門」字樣，是這裡的象徵，也是淺草寺的總門。仲見世道約 300 米，擠滿了 100 多家店舖。有東京名物雷米花糖、人

形燒、炸糕、煎餅、丸子、江戶玩具、和服、和式浴衣、不
倒翁、扇子等禮品店。每年5月中旬舉行江戶三大祭典
之一的「三社祭」，7月9日、10日有燈籠花節，9月
有桑巴舞狂歡節，12月下旬是毽球板節。

鎌倉：神社寺院林立，是僅次於京都和奈良的古
都。著名景點有鎌倉大仏、円覚寺、建長寺、妙本
寺、東慶寺、海蔵寺等古老寺院。

【京都】

有京都大學、京都博物館、近代美術館等。寺廟
1500餘所，神社200餘座，以京都御所、平安神
宮、清水寺、桂離宮、金閣寺、銀閣寺、嵐山等最著
名。

金閣寺：足利三義滿所建，象徵著受到禪宗影響的東
山文化，是室町時代的代表作。三層殿閣的2至3層外
包金箔，故通稱金閣寺。它不僅是安置佛舍利的佛殿，同
時又因位於池畔，觀賞性極高。在庭院的池子裡，表現
佛教世界的奇岩、鶴島、龜島、九山八海，樣樣俱全。金
閣寺不僅是世界文化遺產，又被國家指定為特別名勝。

清水寺：清水寺的舞臺由139根柱子組成，在此可
京都市景一覽無餘。舞臺下面是音羽瀑布，清水飛流直
下，景色壯觀，故名清水寺。山谷的對面是著名的平安
塔，仁王門兩側高達4米的仁王像，可謂京都之最，三
門塔紅漆豔麗奪目。

嵐山（あらしやま）：以春天的 桜（さくら）、秋天的 紅葉（もみじ）而聞名。海拔382米的嵐山腳下有大堰川（おおいがわ）流過。大堰川上的渡月橋、附近土特產店、名演員經營的商店，吸引著眾多遊客。周恩來總理曾於嵐山題詩。每年5月在橋的附近，會舉行再現平安時代舟遊風情的三船廟會、管弦齊奏、舞姿翩翩。夏天則會舉行垂釣、放河燈等活動。

【奈良（なら）】

奈良公園（ならこうえん），還有很多寺廟神社，如法隆寺（ほうりゅうじ）、唐招提寺（とうしょうだいじ）、東大寺（とうだいじ）等。還有活潑可愛的小鹿引路人流連。春季櫻花爛漫，秋季紅葉層林盡染，宛如仙境。

【大阪（おおさか）】

日本第二大城市，有大阪大學、大阪城、四天王寺等名勝古跡。道頓堀附近林立著大眾化的飲食街、劇場等，上演歌舞伎、古典木偶淨琉璃戲、生活戲劇等。

【北海道（ほっかいどう）】

觀光處有円山動物園（まるやまどうぶつえん）、北大植物園、定山溪溫泉、中島公園（なかじまこうえん）、藻岩山、荒井山滑雪場等。夏季去可以看薰衣草花田（7月中下旬），小樽運河、登別溫泉、洞爺湖（やこう）每天晚上都有花火大會，函館（はこだて）夜景（やけい）、富良野美瑛。冬季主要是賞雪景、滑雪。

6 日本的節日及主要景點

【沖繩】
おきなわ

常年氣溫較高，冬季旅遊首選。主要景點有：

沖繩美ら海水族館：可在全世界最大的水族館裡看
おきなわちゅ　うみすいぞくかん
全世界最多的魚類。

沖繩海岸国定公園　万座毛：看大自然的鬼斧神
おきなわかいがんこくていこうえん　まんざもう
工，感受太平洋的驚濤駭浪。

首里公園：琉球王國的象徵建築，也是沖繩島最大
しゅりこうえん
的木結構建築之一，各種精美裝飾和雕刻。

那霸神社 波上宮：琉球的八大神社之首，是「沖繩
なはじんじゃなみのうえみや
總鎮守」。

夏季花火大會

在日本素有春季欣賞櫻花，而夏季觀看煙火的傳
統。時間因地域不同而有差異，通常在 7、8 月份左右。日
語中用「花火」（ha nabi）一詞指代「煙花」之意。綻
はなび
放在夜空的煙花大會，可以說是日本夏季風情的象徵之
一。觀看煙火大會時，一般穿日本傳統的浴衣。相對一般
和服的昂貴和複雜，浴衣簡單而色彩亮麗清新，深受年
輕人喜愛，是夏日煙火大會不可或缺的裝扮。色彩絢麗
的煙火被設計成各種形狀，盡情綻放，把夏日的夜空裝
點得格外美麗。同時在煙火大會上也有許多夜市小攤，如
撈金魚、蘋果糖等。

每年夏天，日本各地都會舉行大大小小的花火大
會。東京有隅田川花火大会、江戸川区花火大会、坂橋
すみだがわはなびたいかい　えどがわくはなびたいかい　さかばし
花火大会、東京湾大華火祭等。
はなびたいかい　とうきょうわんだいはなびさい

出行遊玩

日本的住宿及觀光

★★★
059

A: 今週末、「抱きしめたい」が
上映されるんだって。

kon syuu ma tu, da ki si me ta i ga

zyou ei sa re run da tte.

據說這周末《想要擁抱你》就要上映了。

B: 北川景子が出演するやつ?

ki ta ga wa kei ko ga syu tu en su ru ya tu?

是北川景子主演的那部?

A: そう。前から楽しみにしていたの。

sou. ma e ka ra ta no si mi ni si te i ta no.

嗯。我已期待很久了。

B: 恋愛映画ね。一緒に見に行こう。

ren a i ei ga ne. i ssyo ni mi ni i kou.

愛情片啊。我們一起去看吧。

A: よかったね。

yo ka tta ne.

太好啦！

② 在景點

060

A: **ずいぶん人が多いわね。**

zu i bun hi to ga oo i wa ne.

人真多啊！

B: **そうね。旅行シーズンだから。**

sou ne. ryo kou sii zun da ka ra.

是啊，現在是旅遊旺季。

A: **つぎは大仏を見よう。**

tu gi wa da i bu tu wo mi you.

接下來我們去看大佛吧！

B: **あそこはいま一番込んでいるから、
とりあえず軽く食べない？**

a so ko wa i ma i ti ban kon de i ru ka ra,

to ri a e zu ka ru ku ta be na i.

那兒現在是最擁擠的時候，
不如我們先去吃點東西？

A: **うん、いいよ。**

un, ii yo.

嗯，好。

1 預訂酒店

1 すみません、今週末のツインを
一部屋予約したいんですが。

su mi ma sen, kon syuu ma tu no tu in wo

hi to he ya yo ya ku si ta in de su ga.

你好，我想預訂一間這個周末的普通房。

套進去說說看

シングル	ダブル
sin gu ru	da bu ru
單人房	雙人房

2 チェックインは午後 6 時の予定です。

tye kku in wa go go ro ku zi no yo tei de su.

預計下午六點入住。

3 部屋を予約したいんですが、
名前は田中 弘 です。

he ya wo yo ya ku si ta in de su ga,

na ma e wa ta na ka hi ro si de su.

我想預訂房間，我叫田中弘。

4 ツインの<ruby>場合<rt>ば あい</rt></ruby>はいくらに
なりますか。

tu in no ba a i wa i ku ra ni
na ri ma su ka.

單人房是多少錢？

---

5 シングルを<ruby>二<rt>ふた</rt></ruby>つ、<u><ruby>海側<rt>うみがわ</rt></ruby></u>で<ruby>お願<rt>ねが</rt></ruby>いします。

sin gu ru wo hu ta tu, u mi ga wa de o ne ga i si ma su.

我要兩間單人房，朝海一側。

套進去說說看

<ruby>南向<rt>みなみ む</rt></ruby>き
mi na mi mu ki
朝南

<ruby>北向<rt>きた む</rt></ruby>き
ki ta mu ki
朝北

<ruby>山側<rt>やまがわ</rt></ruby>
ya ma ga wa
山的一側

6 <ruby>今夜<rt>こん や</rt></ruby> 7 <ruby>時<rt>じ</rt></ruby>に、2 <ruby>人<rt>ふたり</rt></ruby>で<ruby>お願<rt>ねが</rt></ruby>いします。

kon ya si ti zi ni, hu ta ri de o ne ga i si ma su.

預訂今晚 7 點，2 個人的位子。

7 部屋は和室と洋室 両 方がございますが、
どちらになさいますか。

he ya wa wa si tu to you si tu ryou hou ga go za i ma su ga,

do ti ra ni na sa i ma su ka.

房間有日式和西式的，您要哪種？

8 予約したいんですが。

yo ya ku si ta in de su ga.

我想預約。

9 10 月 1 日から 6 日までです。

zyuu ga tu tu i ta ti ka ra mu i ka ma de de su.

從 10 月 1 號到 6 號。

10 静かな部屋をお願いします。

si zu ka na he ya wo o ne ga i si ma su.

想要安靜的房間。

062

1 昨日予約した<ruby>昨日<rt>きのう</rt></ruby><ruby>予約<rt>よやく</rt></ruby>したホテルを
キャンセルしたいんですが。

ki nou yo ya ku si ta ho te ru wo

kyan se ru si ta in de su ga.

我想取消昨天預訂的賓館。

---

2 すみません、<ruby>急用<rt>きゅうよう</rt></ruby>で、
<ruby>今夜<rt>こんや</rt></ruby>の<ruby>予約<rt>よやく</rt></ruby>をキャンセルしたいんですが。

su mi ma sen, kyuu you de,

kon ya no yo ya ku wo kyan se ru si ta in de su ga.

對不起，有急事想取消今晚的預訂。

---

3 <ruby>予約<rt>よやく</rt></ruby>した 28 <ruby>日<rt>にち</rt></ruby>の<ruby>部屋<rt>へや</rt></ruby>を
30 <ruby>日<rt>にち</rt></ruby>にしていただけますか。

yo ya ku si ta ni zyuu ha ti ni ti no he ya wo

san zyuu ni ti ni si te i ta da ke ma su ka.

我想把房間的預訂日期從 28 號改成 30 號。

4 すみません、一つのシングルを
ツインに変えていただけますか。

su mi ma sen, hi to tu no sin gu ru wo

tu in ni ka e te i ta da ke ma su ka.

不好意思，能把一個單人房改成雙人房嗎？

5 予約の時間を 8 時にして
もらいたいんですが。

yo ya ku no zi kan wo ha ti zi ni si te

mo ra i ta in de su ga.

我想把預訂的時間改為 8 點。

6 お手数をおかけしてすみません。

o te suu wo o ka ke si te su mi ma sen.

很抱歉，給您添麻煩了。

7 まだ空いていますか。

ma da a i te i ma su ka.

還有空位嗎？

---

8 10時の予約を変更しても
いいですか。

zyuu zi no yo ya ku wo hen kou si te mo
ii de su ka.

可以改一下10點的預訂嗎？

---

9 キャンセルの場合、
手数料はかかりますか。

kyan se ru no ba a i,

te suu ryou wa ka ka ri ma su ka.

取消時，需要手續費嗎？

③ 觀光遊玩

1 ともだち はこ ね いっぱくりょこう
友達と箱根に一泊旅行します。

to mo da ti to ha ko ne ni i ppa ku ryo kou si ma su.

我想和朋友去箱根旅行住一晚。

套進去說說看

あた み
熱海
a ta mi
熱海

あり ま おんせん
有馬溫泉
a ri ma on sen
有馬溫泉

え しま
江ノ島
e no si ma
江之島

ふ じ さん
富士山
hu zi san
富士山

こう べ
神戸
kou be
神戶

い ず
伊豆
i zu
伊豆

2 ちゅうごく ご
中国語のパンフレットをください。

tyuu go ku go no pan hu re tto wo ku da sa i.

請給我中文手冊。

063

③ 写真を撮ってもいいですか。

sya sin wo to tte mo ii de su ka.

可以拍照嗎？

---

④ すみません、シャッターを 押していただけますか。

su mi ma sen, sya ttaa wo

o si te i ta da ke ma su ka.

不好意思，能幫我拍張照嗎？

---

⑤ 写真を撮ってもらえませんか。

sya sin wo to tte mo ra e ma sen ka.

能幫我拍張照片嗎？

---

⑥ 京都は二回目です。 とても気に入っています。

kyou to wa ni ka i me de su.

to te mo ki ni i tte i ma su.

我第二次來京都了。非常喜歡。

7 ずいぶん長い歴史がありますね。

zu i bun na ga i re ki si ga a ri ma su ne .

有著悠久的歷史啊！

---

8 立派な神社ですね。

ri ppa na zin zya de su ne .

好氣派的神社啊！

套進去說說看

お寺
o te ra
寺廟

鳥居
to ri i
鳥居

建物
ta te mo no
建築物

大仏
da i bu tu
大佛

門構え
mon ga ma e
大門

邸宅
tei ta ku
豪宅

9 **嵐山の紅葉は最高ですね。**

a ra si ya ma no mo mi zi wa sa i kou de su ne.

嵐山的紅葉太美了！

---

10 A: **あの建物は何ですか。**

a no ta te mo no wa nan de su ka.

那是什麼建築？

B: **浅草寺です。**

sen sou zi de su.

是淺草寺。

套進去說說看

東大寺
tou da i zi
東大寺

清水寺
ki yo mi zu de ra
清水寺

唐招提寺
tou syou da i zi
唐招提寺

金閣寺
kin ka ku zi
金閣寺

国立博物館
ko ku ri tu ha ku bu tu kan
國立博物館

国立劇場
ko ku ri tu ge ki zyou
國立劇場

1 ホラー映画が大好きです。

ho raa ei ga ga da i su ki de su.

我最喜歡恐怖片。

套進去說說看

恋愛
ren a i

戀愛

アクション
a ku syon

動作

サスペンス
sa su pen su

懸疑

SF
e su e hu

科幻

ハリウッド
ha ri u ddo

荷里活

コメディー
ko me dii

搞笑

2 映画を見に行きませんか。

ei ga wo mi ni i ki ma sen ka.

去看電影嗎？

064

③ 演技はどうでしたか。

en gi wa dou de si ta ka.

演技如何？

---

④ 本当に素敵な映画でした。

hon tou ni su te ki na ei ga de si ta.

電影真不錯。

---

⑤ どんな映画が好きですか。

don na ei ga ga su ki de su ka.

喜歡什麼樣的電影？

---

⑥ 好きな監督はだれですか。

su ki na kan to ku wa da re de su ka.

喜歡的導演是誰？

---

⑦ その映画に誰が出ていますか。

so no ei ga ni da re ga de te i ma su ka.

那電影是誰演的？

⑧ 三日からシンデレラが 上 映されるそうです。

mi kka ka ra sin de re ra ga zyou ei sa re ru sou de su.

聽說從三號開始上映《灰姑娘》。

---

⑨ 好きな俳優は阿部 寛 さんです。

su ki na ha i yuu wa a be hi ro si san de su.

我喜歡的演員是阿部寬。

套進去說說看

竹野內 豊
ta ke no u ti yu ta ka
竹野內豊

木村拓哉
ki mu ra ta ku ya
木村拓哉

高倉健
ta ka ku ra ken
高倉健

小栗 旬
o gu ri syun
小栗旬

福山雅治
hu ku ya ma ma sa ha ru
福山雅治

江口洋介
e gu ti you su ke
江口洋介

10 好きな女優は<u>松嶋菜々子</u>さんです。

す　　　　　じょゆう　　　　まつしまな　　こ

su ki na zyo yuu wa ma tu si ma na na ko san de su.

我喜歡的女演員是松嶋菜菜子。

しのはらりょうこ
篠原 涼子
si no ha ra ryou ko
篠原涼子

ながさわ
長澤まさみ
na ga sa wa ma sa mi
長澤雅美

やまぐちももえ
山口百恵
ya ma gu ti mo mo e
山口百恵

うえとあや
上戸彩
u e to a ya
上戸彩

あらがきゆい
新垣結衣
a ra ga ki yu i
新垣結衣

あやせ
綾瀬はるか
a ya se ha ru ka
綾瀬遙

場景 4

観看電影

⑤ 運動、攝影

■ スポーツが大好きです。

su poo tu ga da i su ki de su.

我很喜歡運動。

套進去說說看

バドミントン ba do min ton 羽毛球	**ジョギング** zyo gin gu 慢跑
ゴルフ go ru hu 高爾夫球	**水泳** su i ei 游泳
テニス te ni su 網球	**サッカー** sa kkaa 足球
山登り ya ma no bo ri 爬山	**野球** ya kyuu 棒球

065

場景5

運動、攝影

2 テレビで<u>サッカー</u>の試合を
見るのが好きです。

te re bi de sa kkaa no si a i wo

mi ru no ga suki de su.

我喜歡在電視上觀看足球比賽。

套進去說說看

野球
ya kyuu
棒球

プロレス
pu ro re su
職業摔跤

J リーグ
zei rii gu
日本足球聯賽

卓球
ta kkyuu
乒乓球

バレボール
ba re boo ru
排球

バスケットボール
ba su ke tto boo ru
籃球

3 週に二回運動します。

syuu ni ni ka i un dou si ma su.

每周運動兩次。

④ スポーツが苦手です。

su poo tu ga ni ga te de su.

我不擅長運動。

---

⑤ 運動したいけど、忙しくて時間がない。

un dou si ta i ke do, i so ga si ku te zi kan ga na i.

我想運動，可是太忙沒時間。

---

⑥ 昨日の試合、見ましたか。

ki nou no si a i, mi ma si ta ka.

昨天的比賽你看了嗎？

---

⑦ ポジションはどこですか。

po zi syon wa do ko de su ka.

打哪個位置？

---

⑧ 趣味は写真を撮ることです。

syu mi wa sya sin wo to ru ko to de su.

我的愛好是拍照。

⑨ <ruby>花<rt>はな</rt></ruby>の<ruby>撮影<rt>さつえい</rt></ruby>が<ruby>好<rt>す</rt></ruby>きです。

ha na no sa tu ei ga su ki de su.

我喜歡拍花。

套進去說說看

<ruby>スポーツ用品<rt>ようひん</rt></ruby>

su poo tu you hin

體育用品

<ruby>車<rt>くるま</rt></ruby>

ku ru ma

車

<ruby>動物<rt>どうぶつ</rt></ruby>

dou bu tu

動物

<ruby>人物<rt>じんぶつ</rt></ruby>

zin bu tu

人物

<ruby>景色<rt>けしき</rt></ruby>

ke si ki

景色

<ruby>建物<rt>たてもの</rt></ruby>

ta te mo no

建築物

⑩ いろいろな<ruby>所<rt>ところ</rt></ruby>へ<ruby>旅行<rt>りょこう</rt></ruby>し、
<ruby>写真<rt>しゃしん</rt></ruby>を<ruby>撮<rt>と</rt></ruby>るのが<ruby>好<rt>す</rt></ruby>きです。

i ro i ro na to ko ro e ryo kou si,

sya sin wo to ru no ga su ki de su.

我喜歡去不同地方旅行，喜歡拍照。

1 どんな音楽が好きですか。

don na on ga ku ga su ki de su ka.

你喜歡什麼音樂？

---

2 クラシックが一番好きです。

ku ra si kku ga i ti ban su ki de su.

我最喜歡古典音樂。

套進去說說看

ジャズ
zya zu
爵士樂

ポップス
po ppu su
流行樂

リズム感が強いの
ri zu mu kan ga tu yo i no
節奏感強的

柔らかいの
ya wa ra ka i no
舒緩的

066

③ 学生の時、毎日ピアノの
練習をしました。

ga ku sei no to ti, ma i ni ti pi a no no

ren syuu wo si ma si ta.

學生時代，我每天練習鋼琴。

套進去說說看

バイオリン	チェロ
ba i o rin	tye ro
小提琴	大提琴

琴	琵琶
ko to	bi wa
古箏	琵琶

胡弓	笛
ko kyuu	hu e
二胡	笛子

④ 子供の時から歌を歌うのが好きです。

ko do mo no to ki ka ra u ta wo u ta u no ga su ki de su.

我從孩提時代就喜歡唱歌。

5 コンサートもよく行_いきます。

kon saa to mo yo ku i ki ma su.

我經常去聽音樂會。

---

6 楽器_{がっき}音楽_{おんがく}が気_きに入_いっています。

ga kki on ga ku ga ki ni i tte i ma su.

喜歡彈奏樂曲。

---

7 よくクラシックのレコードを買_かいます。

yo ku ku ra si kku no re koo do wo ka i ma su.

我經常買古典音樂的唱片。

---

8 音楽_{おんがく}にはあまり 興 味_{きょう み}を持_もっていません。

on ga ku ni wa a ma ri kyou mi wo mo tte i ma sen.

我對音樂不怎麼感興趣。

9 明るい音楽を聞くと気持ちもよくなります。

a ka ru i on ga ku wo ki ku to ki mo ti mo yo ku na ri ma su.

聽了明快的音樂心情也會變好。

---

10 好きな歌手は<u>松たか子</u>です。

su ki na ka syu wa ma tu ta ka ko de su.

我喜歡的歌手是松隆子。

套進去說說看

松田聖子
ma tu da sei ko
松田聖子

中島美嘉
na ka si ma mi ka
中島美嘉

宇多田ヒカル
u ta da hi ka ru
宇多田光

芹洋子
se ri you ko
芹洋子

谷村新司
ta ni mu ra sin zi
谷村新司

德永英明
to ku na ga hi de a ki
德永英明

在日本，國際連鎖品牌眾多，日本國內一流品牌也容易尋找。奢華的都市酒店、小巧的商務酒店應有盡有。一般分為商務旅館、日式旅館、青年旅社等。還有不少實惠的廉價住宿如膠囊旅館，以及網絡咖啡廳等特色住宿。

1. 特色旅館

膠囊旅館

Capsule Hotel，日文叫「カプセルホテル」，是日本極有特色的比較廉價的旅館。走廊兩側的膠囊分上下兩層，很像中國的臥鋪車廂。「膠囊」的長寬高分別是 2 m、1 m 和 1.25 m，一個身高 1.80 m 的成年人可以隨意起坐。一床、一桌、一台電視，基本是內部的全部設施了。膠囊旅館不會因為廉價而忽略衛生，不論房間是否更換旅客，床單、枕巾等就寢用品都是每天一換。分洗浴區、休閒區和宿眠區。

溫泉旅館

帶有溫泉的日式旅館，一般位於景區。景區名氣越大價格越貴，普通的在 9000 到 2 萬日元左右。旅館內的客房一般用屏障分開，屋內有多項生活設施，提供舒適的居住空間，且有四季美食與酒水供應。身著傳統和

服的旅館老闆夫婦笑容可掬地迎接，確認完資料後，帶客人到房間，跪著向客人介紹旅館的設施，並發給每人一套浴衣。房間基本是榻榻米，須告知幾點吃飯，服務人員會把飯送到房間來。料理可以説是旅館的招牌，特別是在晚上會準備當地特產美食、鄉土料理、懷石料理等，讓人大飽口福。

温泉一般分男湯和女湯，有室內的和室外的。温泉用內含礦物質的成分不同，有不同的療效，旅客可以根據自己的需求選擇適合的湯池。客人離開時，旅館老闆（娘）會鞠躬相送。

推薦京都嵐山渡月亭、九州別府八湯、海濱酒店美松大江亭、北海道絕景之湯宿洞爺湖畔亭等温泉，周邊環境優美，可以隨心悠閒地泡温泉，同時還能享受日本特色美食。

青年旅館

在日本，有 300 多家青年旅館連鎖店，會員價大約每晚 3000 日元，不含早餐，早餐大約 600 日元，可以從網上預訂。青年旅館特別受年輕人的青睞。青年旅館的建築各式各樣，不都是高樓大廈，也有頗具田園風格的青瓦日式房屋，落地大窗戶寬敞明亮，還有日本民居格局的榻榻米房間。房間普遍乾淨整潔，大堂可以上網、看電視和用餐。在青年旅館的住宿者沒有年齡的上限，但最小年齡不得低於 4 歲。由於青年旅館住宿率一年四季

都比較高，所以一定要提前預訂，尤其是在新年期間、五月黃金周和寒暑假等旅遊旺季。

2．預約和入住酒店

一般要提前預約，預約酒店的最大網站是 Jalan。付款有兩種：信用卡或者住酒店時直接付款。取消預訂的話，一般要提前通知酒店，每間酒店規定不同，一般來說，提前三天以上的不用扣款，三天以內的按不同比例扣款。入住時需要辦理入住手續，給工作人員出示護照登記。要注意的是，日本的酒店價格不是按房間算，而是按人數算，如果一間房間入住兩個人，一般要收兩個人的價錢；小孩半價。

3．酒店入住注意事項

日本的酒店比較窄小，房間隔音效果不好，請保持房間和走廊安靜。除日式溫泉酒店外，不能穿日式睡衣、拖鞋到大堂。酒店均提供牙刷、牙膏、沐浴液、洗髮水、護髮素、日式睡衣、拖鞋等用品。

酒店一般均有付費的有線電視節目，只要按了電視遙控上的「有料確認」（確認付費）按鈕，電腦就自動計費。雪櫃內的酒水也要付費。有些酒店客房內的雪櫃裡放的飲料是自動計費的，即使不喝只要挪動位置，電

腦就啟動計費。市內電話也是付費的。所有付費項目請旅客自己於翌日到酒店總台結算。

　　最後介紹幾句住酒店常用日語：

1 ルームカードを見せていただけまんか。

ruu mu kaa do wo mi se te i ta da ke ma sen ka.

我能看一下您的房卡嗎？

2 お荷物をお持ちしましょうか。

o ni mo tu wo o mo ti si ma syou ka.

我可以幫您提行李嗎？

3 こちらは明細書です。
お確かめのうえサインをお願いします。

ko ti ra wa mei sa i syo de su. o ta si ka me no u e sa in wo o ne ga i si ma su.

這是您的賬單，請您過目並簽名。

4 すみません、ここでは人民元から日本円に両替することができません。恐れいりますが、両替の証明書をもって中国銀行にお越しください。

su mi ma sen, ko ko de wa zin min gen ka ra ni hon en ni ryou ga e su ru ko to ga deki ma sen. o so re i ri ma su ga, ryou ga e no syou mei syo wo mo tte tyuu go ku gin kou ni o ko si ku da sa i.

對不起，這裡不能把人民幣兌換成日元，請您拿兌換單到中國銀行去換。

⑤ <ruby>前<rt>まえ</rt></ruby><ruby>払<rt>ばら</rt></ruby>い<ruby>金<rt>きん</rt></ruby>の <ruby>領<rt>りょう</rt></ruby> <ruby>収<rt>しゅう</rt></ruby> <ruby>書<rt>しょ</rt></ruby>を<ruby>見<rt>み</rt></ruby>せていただけませんか。

ma e ba ra i kin no ryou syuu syo wo mi se te i ta da

ke ma sen ka.

可以看一下您的按金收據嗎？

⑥ こちらは<ruby>有<rt>ゆう</rt></ruby> <ruby>料<rt>りょう</rt></ruby>テレビの <ruby>消<rt>しょう</rt></ruby> <ruby>費<rt>ひ</rt></ruby><ruby>明<rt>めい</rt></ruby><ruby>細<rt>さい</rt></ruby><ruby>書<rt>しょ</rt></ruby>てす。

ko ti ra wa yuu ryou te re bi no syou hi mei sa i syo de su.

這是收費電視的消費明細表。

⑦ お<ruby>部屋<rt>へ や</rt></ruby>はまだできていないようですので、
 <ruby>少<rt>しょう</rt></ruby> 々お<ruby>待<rt>ま</rt></ruby>ちください。

o he ya wa ma da de ki te i na i you de su no de,

syou syou o ma ti ku da sa i.

這間房間還未整理好，請稍等。

⑧ ここにお<ruby>部屋<rt>へ や</rt></ruby><ruby>番号<rt>ばんごう</rt></ruby>とお<ruby>名前<rt>な まえ</rt></ruby>をご<ruby>記<rt>き</rt></ruby> <ruby>入<rt>にゅう</rt></ruby>ください。

ko ko ni o he ya ban gou to o na ma e wo

go ki nyuu ku da sa i.

請在這兒寫下您的房號和名字。

遇到困擾

在日本遇到麻煩怎麼辦？

067

A: どうしましたか。

dou si ma si ta ka.

你怎麼了？

B: ちょっと風邪を引いたんです。

tyo tto ka ze wo hi i tan de su.

有點感冒。

A: 風邪ですね。熱や鼻水が出ますか。

ka ze de su ne. ne tu ya ha na mi zu ga de ma su ka.

感冒啊。發熱、流鼻涕嗎？

B: はい。それに、
ちょっと頭が痛くて食欲がないです。

ha i. so re ni, tyo tto a ta ma ga i ta ku te syo ku yo ku
ga na i de su.

嗯，有點。而且還頭痛，不想吃東西。

A: そうですか。薬を出しますから、
一階の窓口に行ってもらってください。

sou de su ka. ku su ri wo da si ma su ka ra, i kka i no
ma do gu ti ni i tte mo ra tte ku da sa i.

那我給你開點藥，請你去一樓取藥窗口拿吧。

068

A: すみません、
バッグを盗まれました。
財布、パスポートなどが
入っています。

su mi ma sen,

ba ggu wo nu su ma re ma si ta.

sa i hu, pa su poo to na do ga

ha i tte i ma su.

對不起，我的包被偷了。
裡面裝著錢包和護照等物品。

B: いつ無くしたのですか。

i tu na ku si ta no de su ka.

什麼時候丟的？

A: ちょっとわからないです。
でも、バッグの写真があります。

tyo tto wa ka ra na i de su.

de mo ba ggu no sya sin ga a ri ma su.

我不太清楚。但我有袋的照片。

B: オレンジ色ですね。現金とか入っていますか。

o ren zi i ro de su ne. gen kin to ka ha i tte i ma su ka.

橙色的啊。裡面裝現金了嗎？

A: はい、財布には 5 万円ぐらいあります。

ha i, sa i hu ni wa go man en gu ra i a ri ma su.

嗯，錢包裡有 5 萬日元左右。

B: 見つかったらすぐ連絡しますので、お名前と携帯番号を書いてください。

mi tu ka tta ra su gu ren ra ku si ma su no de,

o na ma e to kei ta i ban gou wo ka i te ku da sa i.

找到了馬上通知您，請留下姓名和手機號碼。

A: ありがとうございます。

a ri ga tou go za i ma su.

謝謝。

069

① どうしましたか。

dou si ma si ta ka.

怎麼了？

② ちょっと<ruby>吐<rt>は</rt></ruby>き<ruby>気<rt>け</rt></ruby>がするんです。

tyo tto ha ki ke ga su run de su.

感覺有點想吐。

套進去說說看

<ruby>寒気<rt>さむ け</rt></ruby>
sa mu ke
發冷

<ruby>頭痛<rt>ず つう</rt></ruby>
zu tuu
頭痛

<ruby>目眩い<rt>め ま</rt></ruby>
me ma i
頭暈

<ruby>耳鳴<rt>みみ なり</rt></ruby>
mi mi na ri
耳鳴

③ <ruby>頭<rt>あたま</rt></ruby> がクラクラしているんです。

a ta ma ga ku ra ku ra si te i run de su.

頭有點暈。

① 描述症狀

④ 喉が痛たいです。

no do ga i ta i de su.

喉嚨痛。

套進去說說看

お腹
o na ka
肚子

胸
mu ne
胸

歯
ha
牙齒

頭
a ta ma
頭

足
a si
腳

胃
i
胃

関節
kan se tu
關節

腰
ko si
腰

⑤ 風邪をひきました。

ka ze wo hi ki ma si ta.

感冒了。

6 食欲がないです。

syo ku yo ku ga na i de su.

沒有食慾。

---

7 何も食べたくないです。

na ni mo ta be ta ku na i de su.

什麼也不想吃。

---

8 喉が腫れています。

no do ga ha re te i ma su.

喉嚨腫痛。

---

9 体がだるい。

ka ra da ga da ru i.

渾身沒勁。

---

10 食中毒になった。

syo ku tyuu do ku ni na tta.

食物中毒了。

---

11 息苦しい感じがします。

i ki gu ru sii kan zi ga si ma su.

有點胸悶。

1 骨折をして歩けない。

ko sse tu wo si te a ru ke na i.

骨折了不能走。

---

2 足首を捻挫しました。

a si ku bi wo nen za si ma si ta.

腳踝扭傷了。

---

3 足を滑らせて怪我をした。

a si wo su be ra se te ke ga wo si ta.

腳一滑受傷了。

---

4 山に登った時、怪我をしました。

ya ma ni no bo tta to ki, ke ga wo si ma si ta.

爬山的時候受傷了。

070

⑤ <ruby>手<rt>て</rt></ruby>に<ruby>怪我<rt>け が</rt></ruby>をしました。

te ni ke ga wo si ma si ta.

手受傷了。

套進去說說看

<ruby>足<rt>あし</rt></ruby> a si 腳	<ruby>頭<rt>あたま</rt></ruby> a ta ma 頭
<ruby>腕<rt>うで</rt></ruby> u de 手腕	<ruby>腰<rt>こし</rt></ruby> ko si 腰
<ruby>首<rt>くび</rt></ruby> ku bi 頭	<ruby>膝<rt>ひざ</rt></ruby> hi za 膝蓋

⑥ <ruby>交通事故<rt>こうつう じ こ</rt></ruby>でけがをしました。

kou tuu zi ko de ke ga wo si ma si ta.

在交通事故中受傷了。

7 不注意で指を切ってしまいました。

hu tyuu i de yu bi wo ki tte si ma i ma si ta.

不小心切到了手指。

---

8 ぎっくり腰になりました。

gi kku ri go si ni na ri ma si ta.

閃到腰。

---

9 捻挫しました。

nen za si ma si ta.

扭了一下。

---

10 火傷をしました。

ya ke do wo si ma si ta.

燒傷了。

---

11 血が止まりません。

ti ga to ma ri ma sen.

血流不止。

071

1 点滴をしますね。
てんてき

ten te ki wo si ma su ne.

給你吊鹽水哦。

2 どこが痛いですか。ここですか。
いた

do ko ga i ta i de su ka. ko ko de su ka.

哪兒痛？是這兒嗎？

3 何日目ですか。
なんにちめ

nan ni ti me de su ka.

第幾天了？

4 ちょっとチクとしますけど、
我慢してくださいね。
が まん

tyo tto ti ku to si ma su ke do,

ga man si te ku da sa i ne.

會有點痛，忍一下啊！

⑤ 風邪 薬 を出しますね。
かぜぐすり　だ

ka ze gu su ri wo da si ma su ne.

給你開點感冒藥。

套進去說說看

鎮痛剤
ちんつうざい

tin tuu za i

止痛藥

睡眠薬
すいみんやく

su i min ya ku

安眠藥

解熱剤
げねつざい

ge ne tu za i

退燒藥

漢方薬
かんぽうやく

kan pou ya ku

中藥

胃薬
いぐすり

i gu su ri

胃藥

喉飴
のどあめ

no do a me

潤喉糖

⑥ ちょっと具合が悪いです。
ぐあい　わる

tyo tto gu a i ga wa ru i de su.

我身體不適。

7 親知らずが痛みます。
おや し　　　　　いた

o ya si ra zu ga i ta mi ma su.

我的智慧齒痛。

---

8 体中が痛いです。
からだじゅう　　いた

ka ra da zyuu ga i ta i de su.

渾身痛。

套進去說說看

足
あし

a si

腳

頭
あたま

a ta ma

頭

腕
うで

u de

手腕

首
くび

ku bi

頸

膝
ひざ

hi za

膝蓋

お腹
なか

o na ka

肚子

⑨ お大事に。
だいじ

o da i zi ni.

請多保重。

---

⑩ この 2、3 日、お風呂に入らないでください。
にち ふろ はい

ko no ni san ni ti, o hu ro ni ha i ra na i de ku

da sa i.

這兩三天請不要洗澡。

---

⑪ 手術 は必要ですか。
しゅじゅつ ひつよう

syu zyu tu wa hi tu you de su ka.

有必要做手術嗎？

套進去說說看

入院
にゅういん

nyuu in

住院

点滴
てんてき

ten te ki

吊鹽水

再検査
さいけんさ

sa i ken sa

再次檢查

血液検査
けつえきけんさ

ke tu e ki ken sa

驗血

🎧 ★ ★ ★

072

1 <u>ピンクの 錠剤</u>は1日2回です。
（じょうざい）（にち）（かい）

pin ku no zyou za i wa i ti ni ti ni ka i de su.

粉色的藥片1天2次。

> **套進去說說看**

カプセル
ka pu se ru
膠囊

丸薬
（がんやく）
gan ya ku
藥丸

2 食後にしてください。
（しょく ご）

syo ku go ni si te ku da sa i.

請飯後服用。

3 アレルギーがありますか。

a re ru gii ga a ri ma su ka.

有過敏嗎？

4 何か 注意すべきところがありますか。
（なに）（ちゅう い）

na ni ka tyuu i su be ki to ko ro ga a ri ma su ka.

有什麼需要注意的地方嗎？

4　藥店買藥

5　この 薬 はよく効きます。

ko no ku su ri wa yo ku ki ki ma su.

這個藥很有效。

6　あまり 油 っこいものを食べないでください。

a ma ri a bu ra kko i mo no wo ta be na i de ku da sa i.

不要吃過於油膩的食物。

套進去說說看

辛い	酸っぱい
ka ra i	su ppa i
辣的	酸的

甘い	冷たい
a ma i	tu me ta i
甜的	冷的

7　この赤い 薬 は 食 事の前に飲んでください。

ko no a ka i ku su ri wa syo ku zi no ma e ni non de ku da sa i.

這種紅色藥請飯前服用。

8 これは<ruby>三日分<rt>みっかぶん</rt></ruby>の <ruby>薬<rt>くすり</rt></ruby> です。

ko re wa mi kka bun no ku su ri de su.

這是三天的藥量。

套進去說說看

<ruby>一週間<rt>いっしゅうかん</rt></ruby>	<ruby>1日<rt>にち</rt></ruby>
i ssyuu kan	i ti ni ti
一周	1天

<ruby>三回<rt>さんかい</rt></ruby>	<ruby>一ヶ月<rt>いっ げつ</rt></ruby>
san ka i	i kka ge tu
三次	一個月

9 この <ruby>薬<rt>くすり</rt></ruby> は<ruby>副作用<rt>ふくさよう</rt></ruby>がありますか。

ko no ku su ri wa hu ku sa you ga a ri ma su ka.

這藥有副作用嗎？

⑤ 物品失竊

① 財布がなくなりました。
さい ふ

sa i hu ga na ku na ri ma si ta.

錢包弄丟了。

套進去說說看

腕時計
うで ど けい
u de do kei
手錶

パスポート
pa su poo to
護照

鍵
かぎ
ka gi
鑰匙

かばん
ka ban
袋

ルームキー
ruu mu kii
房卡

クレジットカード
ku re zi tto kaa do
信用卡

② 中に何が入っていますか。
なか なに はい

na ka ni na ni ga ha i tte i ma su ka.

裡面裝了些什麼？

073

3 パスポートとお金^{かね}です。

pa su poo to to o ka ne de su.

護照和錢。

---

4 再発行^{さいはっこう}してもらえますか。

sa i ha kkou si te mo ra e ma su ka.

能重新辦一個嗎？

---

5 警察^{けいさつ}を呼^よんでください。

kei sa tu wo yon de ku da sa i.

請叫一下警察。

---

6 どこで無^なくしたのか覚^{おぼ}えていますか。

do ko de na ku si ta no ka o bo e te i ma su ka.

還記得在哪兒弄丟的嗎？

⑦ **さっきレストランにいた時は**
まだあったはずですが。

sa kki re su to ran ni i ta to ki wa
ma da a tta ha zu de su ga.

剛剛在餐廳的時候應該還在的。

套進去說說看

ホテル ho te ru 酒店	**バス** ba su 巴士
電車 den sya 電車	**家** i e 家
駅 e ki 車站	**デパート** de paa to 商場
タクシー ta ku sii 的士	**スーパー** suu paa 超市

8 現金はどのぐらい入っていますか。

gen kin wa do no gu ra i ha i tte i ma su ka.

裡面裝了多少現金？

---

9 駅でバッグを盗まれました。

e ki de ba ggu wo nu su ma re ma si ta.

我的包在車站被盜了。

套進去說說看

お金
o ka ne
錢

財布
sa i hu
錢包

荷物
ni mo tu
行李

パスポート
pa su poo to
護照

かばん
ka ban
袋

カード
kaa do
卡

⑤ 物品失竊

⑩ ここにお名前と携帯番号を書いてください。

ko ko ni o na ma e to kei ta i ban gou wo ka i te ku da sa i.

請在這兒寫下姓名和手機號碼。

套進去說說看

ご住所

go zyuu syo

您的住址

連絡先

ren ra ku sa ki

聯繫地址

紛失の時間

hun si tu no zi kan

丟失時間

紛失物

hun si tu bu tu

丟失的物品

6 求助他人

★ ★ ★

074

① パスポートを無くしたんですが。

pa su poo to wo na ku si tan de su ga.

我把護照弄丟了。

套進去說說看

荷物
に もつ
ni mo tu
行李

バッグ
ba ggu
袋

在 留 カード
ざいりゅう
za i ryuu kaa do
在留卡

鍵
かぎ
ka gi
鑰匙

カード
kaa do
卡

かばん
ka ban
袋

財布
さい ふ
sa i hu
錢包

かさ
ka sa
傘

2 中国 駐 日大使館に連絡してください。

tyuu go ku tyuu ni ti ta i si kan ni go ren ra ku si te ku da sa i.

請聯繫中國駐日大使館。

3 遺失物取 扱 所はどこですか。

i si tu bu tu to ri a tu ka i zyo wa do ko de su ka.

遺失物品處理中心在哪兒？

4 探していただけますか。

sa ga si te i ta da ke ma su ka.

能幫我找一下嗎？

5 見つかったらすぐご連絡いたします。

mi tu ka tta ra su gu go ren ra ku i ta si ma su.

我們找到後會馬上聯繫您。

6 息子が見当たらないんです。どうしましょう。

mu su ko ga mi a ta ra na in de su.dou si ma syou.

我找不到我的兒子。怎麼辦啊？

套進去說說看

娘	子供
mu su me	ko do mo
女兒	孩子
妻	主人
tu ma	syu zin
妻子	丈夫
友人	友達
yuu zin	to mo da ti
朋友	朋友
家族	お母さん
ka zo ku	o kaa san
家人	媽媽

求助他人

7 ご安心ください。

go an sin ku da sa i.

請放心。

8 中国の家族に連絡してください。

tyuu go ku no ka zo ku ni ren ra ku si te ku da sa i.

請聯繫你中國的家人。

---

9 喧嘩に巻き込まれました。

ken ka ni ma ki ko ma re ma si ta.

捲入爭吵之中。

---

10 同行した友達が見つかりません。

dou kou si ta to mo da ti ga mi tu ka ri ma sen.

找不到跟我一起來的朋友。

手信也叫伴手禮，是出遠門回來時帶給親友的小禮物，一般是當地的特產、紀念品等。這些手信並非價值不菲的名貴產品，只是一份小小的禮品，但它代表送禮者的心意，代表著人與人之間的情感聯繫，顯示了濃厚的人情味。

本篇就簡單介紹日本各地有名的手信，主要介紹一些輕巧簡單、容易攜帶並適合饋贈親友的禮品。

各地的糕點、特色食品

日本甜點以精緻而聞名，甚至會根據季節選擇製作甜點的材料及成品的顏色，非常講究。日本人在味覺上對於甜點有著特別的鍾愛。

東京：
- 東京香蕉蛋糕
- 小雞蛋糕
- 巧克力薄餅乾
- 銀座芝麻蛋

關西：
- KitKat 巧克力餅
- Pocky 抹茶口味
- Pocky 抹茶口味餅乾
- 抹茶捲心酥

北海道：

- 白之戀人夾心餅
- 北海道薯條三兄弟
- ROYCE 巧克力薯片
- 六花亭葡萄忌廉夾心餅

廚房刀具

這裡推薦日本的陶瓷刀。京瓷的陶瓷刀具充分發揮了陶瓷材料的特長，在品種眾多的菜刀中出類拔萃，是饋贈親友的佳品。例如，非金屬的陶瓷材料永不生銹，更不會在食物上殘留金屬離子；抗氧化工藝，防化學反應，保持食品原汁原味；持久耐用，「耐磨性」比鋼製刀具高 60 倍；超薄的刀口設計，總能保持無與倫比的鋒利，切削洋蔥等辛辣食物時不會流淚。容易清潔，使用後可以用漂白劑除菌；但使用時也要格外小心，防止切到手；同時，刀刃較薄，容易摔碎；也不太適合切排骨等硬物。

手 錶

一些大品牌手錶在海內外出售的差價很大。日本會

定期做一些折扣，比如浪琴手錶部分款 3 折（香港是 8 折），歐米茄、勞力士 5 折起等。所以，在日本買名牌手錶非常划算。

化妝品

日本的化妝品深受中國女性青睞。如資生堂、DHC、FANCL、雪肌精的乳液，保濕效果好；KOSE 的面膜和眼膜、DHC 的唇膏、KATE 的腮紅、資生堂的睫毛夾，實惠好用；KOSE、植村秀、Clarins 等的卸妝油卸妝效果好，對皮膚負擔小；花王蒸氣眼罩，有效緩解眼部疲勞。

動漫玩具

喜歡動漫玩具的遊客可以去秋葉原。那裡有人氣動漫、遊戲玩具、模型、人物模型、雜貨等商品，一應俱全。還有很多適合饋贈親友的小禮品。如秋葉原的壽屋 Kotobukiya 一樓售有動畫、漫畫、遊戲中人物角色周邊產品、布製玩偶、秋葉原及東京特產等商品；二樓則有很多人物模型、塑膠拼裝模型、玩具、洋娃娃等展示商品。

情感表達

日本人表達感受的方法

① 佩服他人

★ ★ ★

075

A: 昨日のニュースを見た？

ki nou no nyuu su wo mi ta.

昨天的新聞看了嗎？

B: うん。見た見た。感心したわ。

un. mi ta mi ta. kan sin si ta wa.

嗯，看了看了。太佩服了。

A: そうね。18歳で博士卒業するなんて、天才少年だね。

sou ne. zyuu ha ssa i de ha ka se so tu gyou su ru nan te,

ten sa i syou nen da ne.

是啊，18歲就博士畢業了，真是天才少年啊！

B: わたしも早く卒業したいな。

wa ta si mo ha ya ku so tu gyou si ta i na.

我也希望能早點畢業啊。

A: メイちゃんはきっと大丈夫。応援するから。

mei tyan wa ki tto da i zyou bu. ou en su ru ka ra.

小明你肯定沒問題的，為你加油！

② 表達不滿

★ ★ ★

076

A: みんな知っているのに、なんで
私 にだけ隠されているの？

min na si tte i ru no ni, nan de

wa ta si ni da ke ka ku sa re te i ru no.

大家都知道了，為什麼就我一個人被蒙在鼓裡？

B: だって、心配かけたくないの。

da tte, sin pa i ka ke ta ku na i no.

不想讓你擔心嘛！

A: 李さんに聞かなかったら、
いつまで隠されてたんだよ。

ri san ni ki ka na ka tta ra,

i tu ma de ka ku sa re te tan da yo.

要不是聽小李說，我還不知道要被瞞到什麼時候。

B: はいはい、ごめん。

ha i ha i, go men.

好好，我錯了，對不起。

A: まあ、今度は許してあげる。

maa, kon do wa yu ru si te a ge ru.

嗯，這次就原諒你吧！

1 わあ、嬉しい。

waa, u re sii.

哇，好開心。

---

2 ご機嫌が良さそうですね。
何かいいことでもあったのですか。

go ki gen ga yo sa sou de su ne.

na ni ka ii ko to de mo a tta no de su ka.

看起來心情不錯嘛。有什麼好事情啊？

077

③ <ruby>先<rt>せん</rt></ruby><ruby>生<rt>せい</rt></ruby>に<ruby>褒<rt>ほ</rt></ruby>められて、<ruby>嬉<rt>うれ</rt></ruby>しいんです。

sen sei ni ho me ra re te, u re siin de su.

被老師表揚，我很開心。

套進去說說看

<ruby>お母<rt>かあ</rt></ruby>さん o kaa san 母親	<ruby>先<rt>せん</rt></ruby><ruby>輩<rt>ぱい</rt></ruby> sen pa i 前輩
<ruby>社<rt>しゃ</rt></ruby><ruby>長<rt>ちょう</rt></ruby> sya tyou 社長	<ruby>上<rt>じょう</rt></ruby><ruby>司<rt>し</rt></ruby> zyou si 上司
<ruby>友<rt>とも</rt></ruby><ruby>達<rt>だち</rt></ruby> to mo da ti 朋友	みんな min na 大家

場景1

喜悦、快樂

① 喜悦、快樂

④ 今日は本当に<u>楽しい</u> 1 日でした。
きょう　　ほんとう　　たの　　　　　　　にち

kyou wa hon tou ni ta no sii i ti ni ti de si ta.

今天真是愉快的一天。

套進去說說看

愉快な
ゆかい
yu ka i na
愉快

充実な
じゅうじつ
zyuu zi tu na
充實

心地よい
ここち
ko ko ti yo i
心情好

気持ちいい
きも
ki mo ti ii
心情好

---

⑤ お母さん 喜んでいるわ。
かあ　　よろこ

o kaa san yo ro kon de i ru wa.

媽媽很開心。

---

⑥ お会いできて嬉しいです。
あ　　　　　　　うれ

o a i de ki te u re sii de su.

見到您很高興。

7 涙が出るほど嬉しい。

na mi da ga de ru ho do u re sii.

喜極而泣。

---

8 彼はお酒が大好きですから、
お酒をあげたらきっと喜ぶよ。

ka re wa o sa ke ga da i su ki de su ka ra,

o sa ke wo a ge ta ra ki tto yo ro ko bu yo.

他很喜歡喝酒，要是送他酒肯定很高興。

---

9 うきうきする。

u ki u ki su ru.

非常興奮。

---

10 興奮して眠れません。

kou hun si te ne mu re ma sen.

興奮得睡不著。

② 感動、激動

1 <u>**彼女**</u>**の一言が彼の胸を打ったようですね。**
かのじょ　ひとこと　かれ　むね　う

ka no zyo no hi to ko to ga ka re no mu ne wo u tta
you de su ne.

他為她的話深受感動。

套進去說說看

友達
ともだち
to mo da ti
朋友

先生
せんせい
sen sei
老師

お母さん
かあ
o kaa san
母親

親友
しんゆう
sin yuu
好友

クラスメート
ku ra su mee to
同學

ルームメート
ruu mu mee to
室友

2 **彼女の優しさには感心しました。**
かのじょ　やさ　　　　　かんしん

ka no zyo no ya sa si sa ni wa kan sin si ma si ta.

被她的溫柔體貼所感動。

078

③ 涙が出るほど感動した。
な み だ　で　　　　　　　かん どう

na mi da ga de ru ho do kan dou si ta.

感動得要哭了。

---

④ 感動しました。
かん どう

kan dou si ma si ta.

非常感人。

---

⑤ 本当に感動させられます。
ほん とう　　　かん どう

hon tou ni kan dou sa se ra re ma su.

真的深受感動。

---

⑥ 胸がいっぱいでなんとも言えません。
むね　　　　　　　　　　　　　　　　い

mu ne ga i ppa i de nan to mo i e ma sen.

感動得不知說什麼好。

7 よく頑張ったね。感心した。

yo ku gan ba tta ne. kan sin si ta.

很努力啊。佩服。

---

8 あの人の真心には感じ入りました。

a no hi to no ma go ko ro ni wa kan zi i ri ma si ta.

為他的真情所感動。

套進去說說看

お心遣い

o ko ko ro du ka i

關懷

義理堅さ

gi ri ga ta sa

義氣

真剣さ

sin ken sa

認真

⑨ 胸にじんとくる 温 かい言葉 。

mu ne ni zin to ku ru a ta ta ka i ko to ba.

感人肺腑的話。

⑩ 彼の言葉に深く感動した。

ka re no ko to ba ni hu ka ku kan dou si ta.

被他的話深深打動。

場景2

感動、激動

套進去說說看

優しさ

ya sa si sa

溫柔

思いやり

o mo i ya ri

體貼

温 かさ

a ta ta ka sa

溫暖

真 心

ma go ko ro

真心

③ 有趣、無聊

1 その<u>本</u>を読んでみると面白かった。

so no hon wo yon de mi ru to o mo si ro ka tta.

讀了那本書感覺很有趣。

套進去說說看

小説
syou se tu
小說

紹介
syou ka i
介紹

ストーリー
su too rii
故事

漫画
man ga
漫畫

2 面白い人だね。

o mo si ro i hi to da ne.

真是個有趣的人啊！

079

3 この<ruby>番組<rt>ばんぐみ</rt></ruby>は<ruby>面白<rt>おもしろ</rt></ruby>いよ。

ko no ban gu mi wa o mo si ro i yo.

這個電視節目很有意思。

套進去說說看

ドラマ	アニメ
do ra ma	a ni me
電視劇	動漫

<ruby>映画<rt>えいが</rt></ruby>	ゲーム
ei ga	gee mu
電影	遊戲

4 おもしろくてたまりません。

o mo si ro ku te ta ma ri ma sen.

有趣得不得了。

3 有趣、無聊

5 興味深い問題だね。

kyou mi bu ka i mon da i da ne.

是個很有意思的話題啊。

套進去說說看

こと	**話題**
ko to	wa da i
事情	話題
課題	**話**
ka da i	ha na si
課題	話

---

6 日本語は勉強すればするほど面白くなるよ。

ni hon go wa ben kyou su re ba su ru ho do o mo si ro

ku na ru yo.

日語越學越有趣。

---

7 くだらない冗談をやめてください。

ku da ra na i zyou dan wo ya me te ku da sa i.

請不要說一些無聊的話了。

8 ああ、つまらないな。

aa, tu ma ra na i na.

啊，好無聊。

---

9 面白い 話 を聞いた。

o mo si ro i ha na si wo ki i ta.

聽了一些有意思的話。

---

10 なんだよ。ぜんぜん面白くないじゃん。

nan da yo. zen zen o mo si ro ku na i zyan.

什麼嘛。一點意思都沒有。

---

11 このドラマ筋も通っていないし、
演技も悪いし、全然面白くないよ。

ko no do ra ma su zi mo to o tte i na i si,

en gi mo wa ru i si, zen zen o mo si ro ku na i yo.

這電視劇情節也不合理，演技又差，真沒意思。

日本を 訪 れることは長年の願望です。

ni hon wo o to zu re ru ko to wa na ga nen no gan bou de su.

訪問日本是我多年的願望。

套進去說說看

韓国
kan ko ku
韓國

中国
tyuu go ku
中國

アメリカ
a me ri ka
美國

イタリア
i ta ri a
意大利

イギリス
i gi ri su
英國

フランス
hu ran su
法國

これは願ってもない 話 ですね。

ko re wa ne ga tte mo na i ha na si de su ne.

這是求之不得的好事啊！

3 日頃の願いが叶ってよかったね。

ひ ごろ　ねが　　　かな

hi go ro no ne ga i ga ka na tte yo ka tta ne.

你的願望實現了，真好啊！

4 ご期待に沿えず、すみません。

き たい　　そ

go ki ta i ni so e zu, su mi ma sen.

辜負了您的期望，抱歉。

5 早く春休みにならないかな。

はや　はるやす

ha ya ku ha ru ya su mi ni na ra na i ka na.

希望春假早點來啊。

套進去說說看

連休
れんきゅう
ren kyuu
連休

ゴールデンウィーク
gou ru den wii ku
黃金周

冬休み
ふゆやす
hu yu ya su mi
寒假

夏休み
なつやす
na tu ya su mi
暑假

④ 願望、希望

6 小鳥のように空を飛べればいいな。

ko to ri no you ni so ra wo to be re ba ii na.

要是能像小鳥一樣在天上飛就好了。

---

7 彼に大きなことは望みませんよ。

ka re ni oo ki na ko to wa no zo mi ma sen yo.

對他不抱有太大期望。

---

8 皆さんの期待を裏切らないように
頑張ってください。

mi na san no ki ta i wo u ra gi ra na i you ni

gan ba tte ku da sa i.

請你不要辜負大家的期望，好好努力。

套進去說說看

ご両親
go ryou sin
雙親

先生
sen sei
老師

お母さん
o kaa san
母親

私たち
wa ta si ta ti
我們

9 あなたに大いに期待しているよ。

a na ta ni oo i ni ki ta i si te i ru yo.

我對你抱有很大的期望哦！

---

10 先生との再会を楽しみにしております。

sen sei to no sa i ka i wo ta no si mi ni si te o ri ma su.

期待和老師再會。

---

11 長年の望みがやっと叶いました。

na ga nen no no zo mi ga ya tto ka na i ma si ta.

多年的願望終於實現了。

⑤ 悲傷、痛苦

❶ もう泣かないで、しっかりしろよ。

mou na ka na i de, si kka ri si ro yo.

別哭了，堅強點。

---

❷ 最近悪いことばかりだね。

sa i kin wa ru i ko to ba ka ri da ne.

最近壞事連連啊。

---

❸ 今年いろいろ悲しい目に遭ったんですね。

ko to si i ro i ro ka na sii me ni a tta n de su ne.

今年遭遇了諸多不幸啊。

---

❹ こんな悲しい経験は生まれて初めてなんだよ。

kon na ka na sii kei ken wa u ma re te ha zi me te nan
da yo.

這麼悲慘的經歷是生來頭一次。

5 <u>ああ、つらい</u>ね。

aa, tu ra i ne.

啊，好痛苦。

套進去說說看

悲しい<ruby>か<rt>かな</rt></ruby>

悲しい
ka na sii
悲傷

泣きたい
na ki ta i
想哭

苦しい
ku ru sii
痛苦

くやしい
ku ya sii
懊悔

6 そのことを<ruby>思<rt>おも</rt></ruby>い<ruby>出<rt>だ</rt></ruby>すと<ruby>胸<rt>むね</rt></ruby>が<ruby>痛<rt>いた</rt></ruby>くなるよ。

so no ko to wo o mo i da su to mu ne ga i ta ku na ru yo.

想起那件事就心痛。

7 また<u>不合格</u>？悲しい。

ma ta hu gou ka ku. ka na sii.

又不及格？真難過。

套進去說說看

落第
ra ku da i
落榜

失敗
si ppa i
失敗

落ちた
o ti ta
沒中

失恋
si tu ren
失戀

---

8 どんなに<u>辛</u>くても<u>我慢</u>しなくちゃ。

don na ni tu ra ku te mo ga man si na ku tya.

不管怎麼辛苦都得堅持。

---

9 <u>言</u>いたいことが<u>言</u>えなくて、<u>辛</u>い。

i i ta i ko to ga i e na ku te, tu ra i.

想說的話不能說，真痛苦。

10 可愛がっていた<u>わんちゃん</u>が死んじゃって、
とても悲しい。

ka wa i ga tte i ta wan tyan ga sin zya tte,

to te mo ka na sii.

喜愛的小狗死了，很傷心。

套進去說說看

猫
ne ko
貓

小鳥
ko to ri
小鳥

うさぎ
u sa gi
兔子

ハムスター
ha mu su taa
倉鼠

ペット
pe tto
寵物

⑥ 恐懼、寂寞

❶ 一人で夜道を歩くのが怖い。

hi to ri de yo mi ti wo a ru ku no ga ko wa i.

一個人走夜路有點恐怖。

---

❷ そんなこと、何も怖がることはないじゃない。

son na ko to, na ni mo ko wa ga ru ko to wa na i zya na i.

那種事情沒有什麼好害怕的。

---

❸ 怖い顔つきをしているね。何があったの?

ko wa i ka o tu ki wo si te i ru ne. na ni ga a tta no.

你看起來很害怕啊,發生什麼事了?

---

❹ 怖くて口も聞けなかった。

ko wa ku tte ku ti mo ki ke na ka tta.

害怕得說不出話來。

5 家族と離れて
一人ぼっちになって寂しい。

ka zo ku to ha na re te

hi to ri bo tti ni na tte sa bi sii.

離開家人一個人孤零零地生活有點寂寞。

▶ **套進去說說看**

こいびと
恋人
ko i bi to
戀人

ともだち
友達
to mo da ti
朋友

しんゆう
親友
sin yuu
親友

しんせき
親戚
sin se ki
親戚

6 寂しかったら、いつでも遊びに来てください。

sa bi si ka tta ra, i tu de mo a so bi ni ki te ku da sa i.

感覺孤單的話，就常來家裡玩啊。

7 一人暮らしは寂しいね。

hi to ri gu ra si wa sa bi sii ne.

一個人生活很寂寞。

8 話す相手もいなくて寂しいね。

ha na su a i te mo i na ku te sa bi sii ne.

沒有人說說話，很寂寞。

9 ここには友達一人もいなくて、ちょっと寂しい。

ko ko ni wa to mo da ti hi to ri mo i na ku te, tyo tto sa bi sii.

這裡一個人也沒有，有點寂寞。

10 一人ぼっちで寂しい。

hi to ri bo tti de sa bi sii.

一個人孤零零地生活有點寂寞。

7 憤怒、生氣

☆ ☆ ☆

083

1 そんなやり方、あまりにもひどいね。

son na ya ri ka ta, a ma ri ni mo hi do i ne.

做得有點太過分了啊。

套進去說說看

言い方
ii ka ta
說法

口ぶり
ku ti bu ri
口氣

振る舞い
hu ru ma i
行為舉止

2 未だに不満たらたらだよ。

i ma da ni hu man ta ra ta ra da yo.

現在還憤憤不平呢。

3 **お母<ruby>かあ</ruby>さんと大<ruby>おおげん</ruby>喧嘩<ruby>か</ruby>して、怒<ruby>おこ</ruby>らせてしまった。**

o kaa san to oo gen ka si te, o ko ra se te si ma tta.

和媽媽大吵了一架，讓她很生氣。

套進去說說看

姉 <ruby>あね</ruby>
a ne
姐姐

兄 <ruby>あに</ruby>
a ni
哥哥

友達 <ruby>ともだち</ruby>
to mo da ti
朋友

李さん <ruby>り</ruby>
ri san
小李

4 **ああ、むかつく。**

aa, mu ka tu ku.

啊，氣死我了。

5 **彼<ruby>かれ</ruby>はぷんぷん怒<ruby>おこ</ruby>って帰<ruby>かえ</ruby>っていった。**

ka re wa pun pun o ko tte ka e te i tta.

他怒氣沖沖地回去了。

6 朝から何を怒っているのかな。

a sa ka ra na ni wo o ko tte i ru no ka na.

一大早就生什麼氣呢。

---

7 そんな話を聞いて、怒らない人はないよ。

son na ha na si wo ki i te, o ko ra na i hi to wa na i yo.

聽了那種話，沒有不生氣的。

---

8 いいから、つまらないことで怒るなよ。

ii ka ra, tu ma ra na i ko to de o ko ru na yo.

好了，不要為那種無聊的事情生氣了。

套進去說說看

小さな	どうでもいい
tii sa na	dou de mo ii
小的	無所謂

意味のない	取るに足りない
i mi no na i	to ru ni ta ri na i
無意義的	不值一提的

9 心 の怒りを抑えることができない。

ko ko ro no i ka ri wo o sa e ru ko to ga de ki na i.

無法抑制心中的憤怒。

---

10 彼は分からないからそう言ったのですから、
怒らないでください。

ka re wa wa ka ra na i ka ra sou i tta no de su ka ra,

o ko ra na i de ku da sa i.

他不明白才那樣說，你別生氣了。

場景

⑧ 吃驚、驚訝

★ ★ ★

084

1 あ、びっくりしました。

a, bi kku ri si ma si ta.

啊，吃了一驚。

---

2 そんなことで 驚 くことはないわよ。
<ruby>驚<rt>おどろ</rt></ruby>

son na ko to de o do ro ku ko to wa na i wa yo.

那種事情不用大驚小怪吧。

---

3 もうびっくりさせないでよ。

mou bi kku ri sa se na i de yo.

別再嚇我了啊！

場景8

吃驚、驚訝

4 さっき<u>階段</u>から落ちそうになって
はっとしました。

sa kki ka i dan ka ra o ti sou ni na tte
ha tto si ma si ta.

剛才差點從台階上摔下來，嚇了一跳。

套進去說說看

二階
ni ka i
二樓

ベランダ
be ran da
陽台

ベッド
be ddo
床

屋上
o ku zyou
房頂

木
ki
樹

梯子
ha si go
梯子

5 急 に呼ばれて、びっくりしました。
_{きゅう} _よ

kyuu ni yo ba re te, bi kku ri si ma si ta.

突然叫我，嚇了一跳。

---

6 えっ?うそ?!

e. u so.

誒？不會吧？

吃驚、驚訝

套進去說說看

本当
_{ほんとう}

hon tou

真的

まじで

ma zi de

不會吧

まさか

ma sa ka

怎麼會

そんな

son na

怎麼可能

7 花子が<u>後輩</u>と結婚するなんて、
信じられない。

ha na ko ga kou ha i to ke kkon su ru nan te,

sin zi ra re na i.

花子竟然要和學弟結婚，真是難以置信。

套進去說說看

先輩	あの人
sen pa i	a no hi to
前輩	他
年下の李さん	そいつ
to si si ta no ri san	so i tu
比她年紀小的小李	那傢伙

8 まさかそんなことがあるの？

ma sa ka son na ko to ga a ru no.

難道會有那樣的事？

9 寝耳に水でした。

ね みみ みず

ne mi mi ni mi zu de si ta.

猶如晴天霹靂啊。

---

10 ショックだね。

syo kku da ne.

真受打擊啊！

---

11 冗談でしょう。

じょうだん

zyou dan de syou.

開玩笑的吧。

---

12 信じられない。

しん

sin zi ra re na i.

難以置信。

場景8

吃驚、驚訝

1 うん!賛成!

un. san sei.

嗯。贊成!

---

2 その通りです。

so no too ri de su.

沒錯。

---

3 ええ、いいですよ。

ee, ii de su yo.

嗯,好啊。

---

4 いいアイディアですね。

ii a i di a de su ne.

好主意啊。

085

⑤ 李さんの意見に賛成です。

ri san no i ken ni san sei de su.

我贊成小李的意見。

套進去說說看

提案
tei an
提議

考え
kan ga e
想法

言い方
i i ka ta
說法

やり方
ya ri ka ta
做法

アイディア
a i di a
主意

主張
syu tyou
主張

⑥ 私もそう思うよ。

wa ta si mo sou o mo u yo.

我也那麼想。

7 大丈夫です。
だいじょうぶ

da i zyou bu de su.

沒問題。

---

8 そうですね。

sou de su ne.

是啊。

---

9 もちろんいいですよ。

mo ti ron ii de su yo.

當然好了。

---

10 ええ、そうしよう。

ee, sou si you.

嗯，就那樣辦。

11 そうですね。田中さんの言う通りにしましょう。

sou de su ne. ta na ka san no i u too ri ni si ma syou.

是啊。就按田中說的去辦吧。

套進去說說看

お母さん
o kaa san

母親

お父さん
o too san

父親

先生
sen sei

老師

先輩
sen pa i

前輩

みんな
min na

大家

彼
ka re

他

12 先生_{せんせい}のおっしゃった通_{とお}りです。

sen sei no o ssya tta too ri de su.

正如老師所言。

套進去說說看

社長_{しゃちょう}

sya tyou

社長

先輩_{せんぱい}

sen pa i

前輩

田中_{た なか}さん

ta na ka san

田中

13 わかりました。

wa ka ri ma si ta.

我知道了。

086

❶ この<ruby>計画<rt>けいかく</rt></ruby>には<ruby>賛成<rt>さんせい</rt></ruby>できません。

ko no kei ka ku ni wa san sei de ki ma sen.

我不贊成這個計劃。

套進去說說看

<ruby>提案<rt>ていあん</rt></ruby>
tei an
提議

<ruby>言<rt>い</rt></ruby>い<ruby>方<rt>かた</rt></ruby>
ii ka ta
說法

<ruby>やり方<rt>かた</rt></ruby>
ya ri ka ta
做法

❷ <ruby>私<rt>わたし</rt></ruby>は<ruby>少<rt>すこ</rt></ruby>し<ruby>考<rt>かんが</rt></ruby>えが<ruby>違<rt>ちが</rt></ruby>います。

wa ta si wa su ko si kan ga e ga ti ga i ma su.

我有不同的意見。

③ 君の意見には反対だ。

ki mi no i ken ni wa han ta i da.

反對你的意見。

套進去說說看

やり方
ya ri ka ta
做法

発言
ha tu gen
發言

主張
syu tyou
主張

考え
kan ga e
想法

④ 今の発言には異議あり。

i ma no ha tu gen ni wa i gi a ri.

對現在的發言有異議。

5　<ruby>公<rt>おおやけ</rt></ruby>　の<ruby>立場<rt>たちば</rt></ruby>に<ruby>立<rt>た</rt></ruby>つと、
この<ruby>意見<rt>いけん</rt></ruby>には<ruby>賛成<rt>さんせい</rt></ruby>しかねますね。

oo ya ke no ta ti ba ni ta tu to,

ko no i ken ni wa san sei si ka ne ma su ne.

站在公眾立場，很難贊同這個意見。

套進去說說看

みんな
min na
大家

<ruby>相手<rt>あいて</rt></ruby>
a i te
對方

<ruby>我<rt>わ</rt></ruby>が<ruby>社<rt>しゃ</rt></ruby>
wa ga sya
我們公司

<ruby>被害者<rt>ひがいしゃ</rt></ruby>
hi ga i sya
受害者

6　そのように<ruby>言<rt>い</rt></ruby>えないのではないでしょうか。

so no you ni i e na i no de wa na i de syou ka.

不能那麼說啊！

⑩ 否定、反對

⑦ いいえ、違うよ。

ii e, ti ga u yo.

不，不是。

---

⑧ 絶対ダメ。

ze tta i da me.

絕對不行。

---

⑨ そうではありません。

sou de wa a ri ma sen.

不是那樣。

---

⑩ いいえ、結構です。

ii e, ke kkou de su.

不用了。

---

⑪ やめたほうがいいですよ。

ya me ta hou ga ii de su yo.

放棄比較明智哦。

087

■ <ruby>お前<rt>まえ</rt></ruby>のせいじゃないか。

o ma e no sei zya na i ka.

難道不是你的錯？

■ <ruby>お前<rt>まえ</rt></ruby><ruby>一人<rt>ひとり</rt></ruby>の <ruby>力<rt>ちから</rt></ruby> でできるもんか。

o ma e hi to ri no ti ka ra de de ki ru mon ka.

你一個人能行嗎？

■ こんな <ruby>話<rt>はなし</rt></ruby>、<u>でたらめに</u><ruby>言<rt>い</rt></ruby>えるもんか。

kon na ha na si, de ta ra me ni i e ru mon ka.

那種話能胡亂說嗎？

套進去說說看

<ruby>勝手<rt>かって</rt></ruby>に

ka tte ni

隨便

<ruby>気軽<rt>きがる</rt></ruby>に

ki ga ru ni

輕率

<ruby>簡単<rt>かんたん</rt></ruby>に

kan tan ni

簡單

<ruby>軽々<rt>かる</rt></ruby>しく

ka ru ga ru si ku

輕率

④ 絶対 諦めないって言ったじゃない。

ze tta i a ki ra me na i tte i tta zya na i.

你不是說過絕不放棄嗎？

---

⑤ みんな頑張っているのに、
私 一人でじっとしていられるもんか。

min na gan ba tte i ru no ni,

wa ta si hi to ri de zi tto si te i ra re ru mon ka.

大家都在努力，我一個人豈能坐得住？

套進去說說看

忙しい
i so ga sii
忙碌

やっている
ya tte i ru
做事

仕事している
si go to si te i ru
工作

6 お前<ruby>前<rt>まえ</rt></ruby>にこれがわかるもんか。

o ma e ni ko re ga wa ka ru mon ka.

這些你能明白嗎？

---

7 これでいいのか。

ko re de ii no ka.

這樣好嗎？

---

8 そのように言<ruby>言<rt>い</rt></ruby>えるのか。

so no you ni i e ru no ka.

能那樣說嗎？

---

9 何<ruby>何<rt>なに</rt></ruby>もしないでいいの？

na ni mo si na i de ii no.

可以什麼都不做嗎？

⑫ 責備他人

❶ なんでそんなばかな 話 をするの？

nan de son na ba ka na ha na si wo su ru no.

為什麼要說那樣的傻話？

套進去說說看

無責任
mu se ki nin
不負責任

いい加減
ii ka gen
不負責任

愚か
o ro ka
愚蠢

---

❷ 子供でもあるまいし、 そんなことして何になるの？

ko do mo de mo a ru ma i si,

son na ko to si te na ni ni na ru no.

又不是小孩子了，怎麼還做那樣的事情！

088

3 そんなことが許_{ゆる}される
と思_{おも}うのですか。

son na ko to ga yu ru sa re ru

to o mo u no de su ka.

你覺得那事情能被原諒嗎？

套進去說說看

容認_{ようにん}される

you nin sa re ru

容忍

認_{みと}められる

mi to me ra re ru

認可

許可_{きょか}される

kyo ka sa re ru

允許

4 どうして言_いうことを聞_きかないの？

dou si te i u ko to wo ki ka na i no.

為什麼不聽我的話？

⑫ 責備他人

⑤ そんなことしていいと思ってんのか。

son na ko to si te ii to o mo tten no ka.

你覺得那樣做好嗎？

---

⑥ ぶらぶらするな。しっかりしろよ。

bu ra bu ra su ru na. si kka ri si ro yo.

別整天無所事事了。幹點正經事！

---

⑦ なぜ連絡してくれなかったのですか。

na ze ren ra ku si te ku re na ka tta no de su ka.

為什麼不聯繫我呢？

套進去說說看

教えて
o si e te
告訴

聞かせて
ki ka se te
說給……聽

言って
i tte
說

8 お前は一体何を 考 えているんだ。

o ma e wa i tta i na ni wo kan ga e te i run da.

你究竟在想些什麼？

---

9 いい加減にしろ。

ii ka gen ni si ro.

你給我適可而止。

---

10 このままだとおしまいだ。

ko no ma ma da to o si ma i da.

這樣下去就完了。

1 頑張（がんば）ってね。応援（おうえん）するよ。

gan ba tte ne. ou en su ru yo.

加油啊！我支持你。

---

2 頑張（がんば）ってください。

gan ba tte ku da sa i.

加油！

---

3 よくできましたね。

yo ku de ki ma si ta ne.

做得不錯！

---

4 よくやったね。

yo ku ya tta ne.

做得好！

089

⑤ この 調子でやっていけばいい。
ちょうし

ko no tyou si de ya tte i ke ba ii.

就這樣堅持下去。

---

⑥ 田中さんの意見を聞いてみましょう。
たなか　　　いけん　き

ta na ka san no i ken wo ki i te mi ma syou.

我們聽聽田中先生的意見吧。

套進去說說看

社長
しゃちょう

sya tyou

社長

課長
かちょう

ka tyou

課長

王先生
おうせんせい

ou sen sei

王老師

皆さん
みな

mi na san

大家

部長
ぶちょう

bu tyou

部長

担当者
たんとうしゃ

tan tou sya

負責人

7 <u>会議</u>が終わったら、飲みに行こうよ。

ka i gi ga o wa tta ra, no mi ni i kou yo.

會議結束後我們去喝一杯吧。

套進去說說看

授業
zyu gyou
上課

討論
tou ron
討論

仕事
si go to
工作

座談会
za dan ka i
座談會

8 これから 週 に一回ゼミをしましょう。

ko re ka ra syuu ni i kka i ze mi wo si ma syou.

接下來我們每周開一次討論會吧。

9 私 たちの提案は次のようなものです。

wa ta si ta ti no tei an wa tu gi no you na mo no de su.

我們的建議如下。

---

10 この件は社 長 さんに 伺 ったらいかがですか。

ko no ken wa sya tyou san ni u ka ga tta ra i ka ga de su ka.

這件事我們請教一下社長如何？

套進去說說看

先生
sen sei
老師

先輩
sen pa i
前輩

お父さん
o tou san
父親

中田 教 授
na ka da kyou zyu
中田教授

　　日本是個地震頻發的島國，特殊的地理環境造就了日本星羅棋佈的溫泉。據有關資料報道，日本從北到南約有 2600 多座溫泉，有 7.5 萬家溫泉旅館。溫泉是一種由地下自然湧出的泉水，其水溫通常高於周圍環境。溫泉根據水溫又可以分為三種，即 34℃以下的低溫泉，34 至 42℃的中溫泉，以及 42℃以上的高溫泉。

　　日本人泡溫泉的歷史可以追溯到繩紋時代，在許多神話故事中也出現了泡溫泉的情節。據說受傷的動物因為洗溫泉而傷癒，被當地人發現而流傳開來。除外，很多名人在溫泉勝地留下的美麗傳說，也讓各地的溫泉彌漫著濃濃的人文氣息。

　　從日本的溫泉文化可以感受日本人生活的精緻和精細程度。在進入浴池前，要先在池外將身體沖洗乾淨，帶著潔淨的身體入池；毛巾不能帶進溫泉池內，一般放在浴池邊或折起來放在頭頂上。酒店都有浴衣提供，正確穿法是一定要左襟在上，如果穿反，則會被誤解為家中有喪事。日本人很講究，「先用木勺舀水澆頭，約 5 至 20 瓢，入浴泡湯 3 分鐘，起身休息，如此反復」。

　　日本溫泉既有檜木修成的舒適的「內湯」，也有置身於大自然懷抱的露天溫泉。溫泉種類不同，功效也各異。各地幾乎都有有名的溫泉，且有著神奇的療效。

大分縣的別府溫泉
是世界上溫泉種類最集中的地區。

熱海溫泉
泉內含有食鹽，對風濕症、神經痛、皮膚病及內臟疾患
等都有療效。

群馬縣的草津溫泉
以自然環境優美，療效極高而著稱。

神戶的有馬溫泉
富含礦物質，是一處優雅的溫泉旅館集中地。

佐渡溫泉
有改善慢性眼疾，增進視力的功效。

月岡溫泉
屬硫化氫泉溫泉顏色隨天氣變化，有駐顏防老的神奇功
效。

群馬縣的伊香保溫泉
被稱作改善女性體質的送子湯。

湯澤溫泉

又稱「雪國」湯，對中風、關節炎、胃腸炎症等有療效。

　　而相比較溫泉療養治病的功效，泡溫泉帶來的心靈減壓更是人們追求的境界。日本人常說溫泉有「三養」，一為減輕疲勞的「休養」；二為保持健康，預防疾病的「保養」；三為治療疾病的「療養」。現在日本共有 86 個指定「國民保養溫泉地」。溫泉不光可以泡，還可以喝，稱作「飲泉」。經常可見一邊泡溫泉一邊飲溫泉水的情景。古書曾記載不少老百姓因喝溫泉水治好了疾病。

　　溫泉文化滲透了日本人生活的各個方面。利用溫泉的獨特資源製作美味佳餚，也是有傳統的：如溫泉饅頭是用溫泉水調製後利用溫泉蒸汽蒸出來的豆沙餡甜點，碳酸仙貝則是加了碳酸溫泉水後烤出來的薄餅乾。箱根溫泉的黑雞蛋，用大湧谷特有的酸性熱泥漿蒸煮出來，號稱吃一個可增壽 7 年。

　　對日本人來說，泡溫泉不僅是一種享受，更是生活中必不可少的一部分。中國人去日本旅遊，泡溫泉自然也成了行程中的必選項目。

附錄

100 以下的數字

ゼロ / れい ze ro / re i 0	**いち** i ti 1	**に** ni 2
さん san 3	**よん / し** yon / si 4	**ご** go 5
ろく ro ku 6	**しち / なな** si ti / na na 7	**はち** ha ti 8
きゅう kyuu 9	**じゅう** zyuu 10	**じゅういち** zyuu i ti 11
じゅうに zyuu ni 12	**じゅうさん** zyuu san 13	**じゅうよん / じゅうし** zyuu yon / zyuu si 14
じゅうご zyuu go 15	**じゅうろく** zyuu ro ku 16	**じゅうしち / じゅうなな** zyuu si ti / zyuu na na 17

じゅうはち
zyuu ha ti
18

じゅうく /
じゅうきゅう
zyuu ku /
zyuu kyuu
19

にじゅう
ni zyuu
20

にじゅういち
ni zyuu i ti
21

にじゅうに
ni zyuu ni
22

にじゅうさん
ni zyuu san
23

にじゅうよん
ni zyuu yon
24

にじゅうご
ni zyuu go
25

さんじゅう
san zyuu
30

よんじゅう
yon zyuu
40

ごじゅう
go zyuu
50

ろくじゅう
ro ku zyuu
60

ななじゅう
na na zyuu
70

はちじゅう
ha ti zyuu
80

きゅうじゅう
kyuu zyuu
90

きゅうじゅうきゅう
kyuu zyuu kyuu
99

090

100 以上的數字

ひゃく hya ku 100	**にひゃく** ni hya ku 200	**さんびゃく** san bya ku 300
よんひゃく yon hya ku 400	**ごひゃく** go hya ku 500	**ろっぴゃく** ro ppya ku 600
ななひゃく na na hya ku 700	**はっぴゃく** ha ppya ku 800	**きゅうひゃく** kyuu hya ku 900
せん sen 1 000	**にせん** ni sen 2 000	**さんぜん** san zen 3 000
よんせん yon sen 4 000	**ごせん** go sen 5 000	**ろくせん** ro ku sen 6 000
ななせん na na sen 7 000	**はっせん** ha ssen 8 000	**きゅうせん** kyuu sen 9 000
いちまん i ti man 10 000	**じゅうまん** zyuu man 100 000	**ひゃくまん** hya ku man 1 000 000
	いっせんまん i ssen man 10 000 000	

基數詞（個數）

ひとつ hi to tu 一つ	**ふたつ** hu ta tu 二つ	**みっつ** mi ttu 三つ
よっつ yo ttu 四つ	**いつつ** i tu tu 五つ	**むっつ** mu ttu 六つ
ななつ na na tu 七つ	**やっつ** ya ttu 八つ	**ここのつ** ko ko no tu 九つ
とお too 十	**いくつ** i ku tu 幾多個	

基數詞（人數）

ひとり hi to ri 一人	**ふたり** hu ta ri 二人	**さんにん** san nin 三人
よにん yo nin 四人	**ごにん** go nin 五人	**ろくにん** ro ku nin 六人
しちにん / ななにん si ti nin / na na nin 七人	**はちにん** ha ti nin 八人	**くにん / きゅうにん** ku nin / kyuu nin 九人
じゅうにん zyuu nin 十人	**じゅういちにん** zyuu i ti nin 11 人	**きゅうじゅうはちにん** kyuu zyuu ha ti nin 98 人

數字、時間、日期的表達方法

ひゃくにん
hya ku nin
100 人

せんにん
sen nin
1,000 人

いちまんにん
i ti man nin
10,000 人

なんにん
nan nin
何人

時刻

1.（～時）

いちじ
i ti zi
1 時

にじ
ni zi
2 時

さんじ
san zi
3 時

よじ
yo zi
4 時

ごじ
go zi
5 時

ろくじ
ro ku zi
6 時

しちじ
si ti zi
7 時

はちじ
ha ti zi
8 時

くじ
ku zi
9 時

じゅうじ
zyuu zi
10 時

じゅういちじ
zyuu i ti zi
11 時

じゅうにじ
zyuu ni zi
12 時

じゅうさんじ
zyuu san zi
13 時

じゅうよじ
zyuu yo zi
14 時

じゅうごじ
zyuu go zi
15 時

じゅうろくじ
zyuu ro ku zi
16 時

じゅうしちじ
zyuu si ti zi
17 時

じゅうはちじ
zyuu ha ti zi
18 時

じゅうくじ	にじゅうじ	にじゅういちじ
zyuu ku zi	ni zyuu zi	ni zyuu i ti zi
19 時	20 時	21 時
にじゅうにじ	にじゅうさんじ	にじゅうよじ
ni zyuu ni zi	ni zyuu san zi	ni zyuu yo zi
22 時	23 時	24 時
じゅうにじはん	いちじはん	なんじ
zyuu ni zi han	i ti zi han	nan zi
12 時半	1 時半	何時

時刻

2.（～分）

いっぷん	にふん	さんぷん
i ppun	ni hun	san pun
1 分	2 分	3 分
よんぷん	ごふん	ろっぷん
yon pun	go hun	ro ppun
4 分	5 分	6 分
ななふん	はっぷん	きゅうふん
na na hun	ha ppun	kyuu hun
7 分	8 分	9 分
じゅっぷん / じっぷん	じゅういっぷん	じゅうよんぷん
zyu ppun / zi ppun	zyuu i ppun	zyuu yon pun
10 分	11 分	14 分
じゅうごふん	にじゅっぷん	にじゅうごふん
zyuu go hun	ni zyu ppun	ni zyuu go hun
15 分	20 分	25 分
さんじゅうさんぷん		なんぷん
san zyuu san pun		nan pun
33 分		何分

注意：「分」的發音根據前接數字的不同而不同，分別有「ふん」和「ぷん」兩種發音。

日期

ついたち tu i ta ti 1 日	**ふつか** hu tu ka 2 日	**みっか** mi kka 3 日
よっか yo kka 4 日	**いつか** i tu ka 5 日	**むいか** mu i ka 6 日
なのか na no ka 7 日	**ようか** you ka 8 日	**ここのか** ko ko no ka 9 日
とおか too ka 10 日	**じゅういちにち** zyuu i ti ni ti 11 日	**じゅうににち** zyuu ni ni ti 12 日
じゅうさんにち zyuu san ni ti 13 日	**じゅうよっか** zyuu yo kka 14 日	**じゅうごにち** zyuu go ni ti 15 日
じゅうろくにち zyuu ro ku ni ti 16 日	**じゅうしちにち** zyuu si ti ni ti 17 日	**じゅうはちにち** zyuu ha ti ni ti 18 日
じゅうくにち zyuu ku ni ti 19 日	**はつか** ha tu ka 20 日	**にじゅういちにち** ni zyuu i ti ni ti 21 日
にじゅうよっか ni zyuu yo kka 24 日	**さんじゅうにち** san zyuu ni ti 30 日	**さんじゅういちにち** san zyuu i ti ni ti 31 日
	なんにち nan ni ti 何日	

月份

いちがつ i ti ga tu 1 月	**にがつ** ni ga tu 2 月	**さんがつ** san ga tu 3 月
しがつ si ga tu 4 月	**ごがつ** go ga tu 5 月	**ろくがつ** ro ku ga tu 6 月
しちがつ si ti ga tu 7 月	**はちがつ** ha ti ga tu 8 月	**くがつ** ku ga tu 9 月
じゅうがつ zyuu ga tu 10 月	**じゅういちがつ** zyuu i ti ga tu 11 月	**じゅうにがつ** zyuu ni ga tu 12 月
	なんがつ nan ga tu 何月	

星期

げつようび **月曜日** ge tu you bi 星期一	かようび **火曜日** ka you bi 星期二	すいようび **水曜日** su i you bi 星期三
もくようび **木曜日** mo ku you bi 星期四	きんようび **金曜日** kin you bi 星期五	どようび **土曜日** do you bi 星期六
にちようび **日曜日** ni ti you bi 星期日	なんようび **何曜日** nan you bi 星期幾	

注意：根據不同場合，可將星期簡略表達，可以省略「び」，直接說成「日曜」「火曜」等，也可以說成「げつ・か・すい・もく・きん・ど・にち」。另外、當兩個以上連續說時，可以說成「どにち」「げっすいきん」等。

　　日本交通縱橫交錯，便捷發達。星羅棋佈於全國各地的大小機場、四通八達的高速公路、貫穿全日本的 JR 國鐵和新幹線、交織如網的城市電車和地鐵、發達的渡輪、水上交通、健全的租車體系等，一起構成了日本海、陸、空，多方位的交通網絡。

　　香港有飛往日本主要城市如東京、大阪、名古屋、福岡等航班。從香港到日本東京的飛行時間，約為 3 至 4 小時。有些城市的航班須經其他城市轉機，飛行時間也就大有不同。機票價格因航空公司不同而有所不同，冬季與夏季票價差額也比較大，經轉機的航班機票價格比直飛價格便宜。

　　去日本旅遊，最好避開旅遊旺季的元旦、春節、5 月黃金周、10 月國慶這幾個時段，選擇 3 月下旬至 4 月中旬、6 月至 9 月、11 月至 12 月的旅遊淡季。在淡季，往返機票打折後大約 3,000 至 4,000 元港幣。

日 本 鐵 路 周 遊 券

　　在日本旅遊，最經濟、便捷的交通方式就是使用日本鐵路周遊券。持有該券，你就可以在有效期內，反復乘坐日本全國鐵路網中幾乎所有的日本鐵路公司（JR）的列車（包括新幹線在內）、巴士以及西日本宮島渡輪。周

遊券持有者還可以免費預訂指定席的座位，是一種名副其實的日本全國交通的通行證。拿著它，你會有一種暢通無阻的「特權」感覺，能夠盡情地享受日本現代化交通的快捷和舒適。特別適合周遊日本全境的旅遊，如果行李很多，可以直接從特別通道通過。其價格大致如下：

連續7天：28,300日元（約1,470元），14天：45,100日元（約2,340元），21天：57,700日元（約3,000元），6至11歲兒童優惠50%。

要注意的是，該券只適用JR鐵路，巴士及渡輪。只有在日本的停留資格是「短期滯在」（短期停留，15至90天）才能購買，使用時需攜帶護照。須在入境日本前，持短期簽證的護照，在指定的旅遊代理店購買換票證，抵達日本後，到設有「日本鐵路周遊券」更換點的窗口，換成周遊券後才可使用。在更換時，須指定使用開始日。鐵路周遊券在使用日開始前，在任何一處換票點都可以辦理退票。退票時要收取10%的手續費。一旦使用日開始，任何理由都不能退票。

在東京旅遊的話，主要以電車和巴士為主，東京的地鐵系統非常發達，乘坐地鐵也非常方便。地鐵有東京地鐵線、大江戶線、新宿線、淺草線等線路，地鐵票價130日元起，巴士一般在200日元左右。

關西遊套票：公認比較好用的周遊券是JRWest

Pass 的一日券、Kansai Thru Pass、京都市巴士一日券、關西護照幾種。JR West Pass：這個是 JR 公司的針對關西地區的一個套票，分 1 日至 4 日票，基本上涵蓋了關西幾個主要旅遊城市，但不包含大阪或者京都的地鐵交通。Kansai Thru Pass：這個是關西地區除了 JR 線以外各個鐵路公司聯合發行的一種套票，分 2 日票和 3 日票兩種。除此之外，在京都和奈良等地旅行，乘坐巴士更加方便，有 1,000 至 2,000 日元的一日票，如奈良的斑鳩卡、京都的一日通等，可以巴士地鐵電車無限次乘坐，非常划算。

東京到關西各個城市適合乘坐新幹線，方便快捷，一般 2 小時內到達，票價 2 萬日元左右。夜行巴士需要 6 個多小時，一般在 3,000 至 6,000 日元。

日本的的士比較貴，上車起步即 700 日元左右（2 公里），同時按時間、時速和里程計費，10 公里大約 3,000 至 4,000 日元左右。

另外，入關前，還可以在機場租賃在日本可以使用的 WiFi，下載手機 App【乘換案內】，能夠查詢日本的鐵路、航空和巴士路線，資料詳盡，檢索方便，確保你在日本不會迷路。

　　第一次出國時，難免緊張興奮，甚至會不知該如何是好。別擔心，只要跟著以下的流程走，一切簡單輕鬆！

1 登機櫃台 ▶ チェックインカウンター

　　機場有兩個不同的大廳，分別是出境大廳（出発ロビー）及入境大廳（到着ロビー）。出國時一定要前往出境大廳，到那裡找到要搭乘的航空公司登機櫃台（チェックインカウンター），即可辦理手續。有時不見得所有航空公司都有自己的登機櫃台，但無櫃台的航空公司一定會委託另一家航空公司代為處理，這時只要看一下標示即可找到正確的櫃台。一般來說，出國旅遊須在飛機起飛前兩個小時到達機場，所辦理的手續如下：

▶ 核對證件：

　機票（チケット）、護照（パスポート）、簽證（ビザ）

▶ 托運行李：

　過磅（重量をはかる）、檢查、發行李牌。行李若超重（重量超過），則須支付行李超重費（超過手荷物料金）。若無太多手提行李（手荷物），則可隨身攜帶部分行李。

▶ 選座位（各種座位的說法如下）：

靠窗座位 ▶ 窓側の席

中間座位 ▶ 真ん中の席

走道座位 ▶ 通路側の席

▶ 領取登機證（搭乗券）：

如果有托運的行李，行李標籤則一併交回，或是直接貼在機票上。登機證上會注明航班編號（フライトナンバー）、登機閘口（搭乗口）、座位編號（シートナンバー），有時也會寫上登機時間（搭乗時刻）。如果你是某航空公司的會員，或者已累積一定的里程點數，則座位可以升級（アップグレード），可於此時告知航空公司，請其查詢是否尚有座位可以升級。

另外，依各機場的規定付機場稅（空港税）。

② 查驗護照 ▶ 出入国審査

將護照及登機證交付查驗，護照也會蓋上一個註明日期的出境印章（出国スタンプ），表示已經出國囉！有時會問一兩個簡單的問題，如為何停留該國、接下來要去哪國之類的問題。

3 安全檢查 ▶ 保安検査(ほあんけんさ)

　　在這裡又分為人走的金屬探測器（金属探知機(きんぞくたんちき)），及隨身行李及物品走的行李 X 光（手荷物検査(てにもつけんさ)）的兩項檢查裝置。

4 進入登機閘口 ▶ 搭乗口(とうじょうぐち)へ

　　憑登機證找到正確的登機閘口，之後便可以在候機室（待合室(まちあいしつ)）等候登機。這時如果時間充裕，還可以到免税商店（免税店(めんぜいてん)）逛逛。切記！在免税店買東西，一定要出示護照與登機牌才能購買！

5 登機 ▶ 搭乗(とうじょう)

　　到了登機時間，航空公司開始廣播請大家登機；通常都是商務客位（ビジネスクラス）的旅客先登機，之後是老人或是有小孩的旅客，接著是經濟客位（エコノミークラス）的旅客按機位前後，從後半段的乘客開始登機。

沖縄
おき なわ
o ki na wa
㊻

北海道
ほっ かい どう
ho kka i dou
㊲

東北
とう ほく
to u ho ku
②

中部
ちゅう ぶ
chuu bu

③
④
⑤
⑥

中国
ちゅう こく
chuu ko ku
⑩
⑧
⑦

九州
きゅう しゅう
kyuu syuu
⑨
㉒ ㉑
㉓

⑪
⑬
⑳
㉒
㉑
⑲
㊲

㉝
㉞
㉗
㉕
⑫
⑭
⑰
⑱

関東
かん とう
kan tou

㉟
㉛
㉜
㉔
㉘
⑮
⑯

㊵
㊳
㉖ ㉙
⑤

㊸
㊶
㊷
㊱
㉚

㊹
㊺
㊴

㊻

近畿
きん き
kin ki

四国
し こく
si ko ku

① ほっかいどう 北海道 ho kka i dou	② あおもりけん 青森県 a o mo ri ken	③ あき た けん 秋田県 a ki ta ken	④ いわ て けん 岩手県 i wa te ken
⑤ やまがたけん 山形県 ya ma ga ta ken	⑥ みや ぎ けん 宮城県 mi ya gi ken	⑦ ふくしまけん 福島県 hu ku si ma ken	⑧ にいがたけん 新潟県 nii ga ta ken
⑨ と やまけん 富山県 to ya ma ken	⑩ いしかわけん 石川県 i si ka wa ken	⑪ ふく い けん 福井県 hu ku i ken	⑫ ぎ ふ けん 岐阜県 gi hu ken

⑬
<ruby>長<rt>なが</rt></ruby><ruby>野<rt>の</rt></ruby><ruby>県<rt>けん</rt></ruby>
na ga no ken

⑭
<ruby>山梨県<rt>やまなしけん</rt></ruby>
ya ma na si ken

⑮
<ruby>愛<rt>あい</rt></ruby><ruby>知<rt>ち</rt></ruby><ruby>県<rt>けん</rt></ruby>
a i ti ken

⑯
<ruby>静岡県<rt>しずおかけん</rt></ruby>
si zu o ka ken

⑰
<ruby>千<rt>ち</rt></ruby><ruby>葉<rt>ば</rt></ruby><ruby>県<rt>けん</rt></ruby>
ti ba ken

⑱
<ruby>神<rt>か</rt></ruby><ruby>奈<rt>な</rt></ruby><ruby>川県<rt>がわけん</rt></ruby>
ka na ga wa ken

⑲
<ruby>東京<rt>とうきょう</rt></ruby><ruby>都<rt>と</rt></ruby>
tou kyou to

⑳
<ruby>埼玉県<rt>さいたまけん</rt></ruby>
sa i ta ma ken

㉑
<ruby>栃<rt>とち</rt></ruby><ruby>木<rt>ぎ</rt></ruby><ruby>県<rt>けん</rt></ruby>
to ti gi ken

㉒
<ruby>群<rt>ぐん</rt></ruby><ruby>馬<rt>ま</rt></ruby><ruby>県<rt>けん</rt></ruby>
gun ma ken

㉓
<ruby>茨<rt>いばら</rt></ruby><ruby>城<rt>き</rt></ruby><ruby>県<rt>けん</rt></ruby>
i ba ra ki ken

㉔
<ruby>大阪<rt>おおさか</rt></ruby><ruby>府<rt>ふ</rt></ruby>
oo sa ka hu

㉕
<ruby>京<rt>きょう</rt></ruby><ruby>都<rt>と</rt></ruby><ruby>府<rt>ふ</rt></ruby>
kyou to hu

㉖
<ruby>奈<rt>な</rt></ruby><ruby>良<rt>ら</rt></ruby><ruby>県<rt>けん</rt></ruby>
na ra ken

㉗
<ruby>兵<rt>ひょう</rt></ruby><ruby>庫<rt>ご</rt></ruby><ruby>県<rt>けん</rt></ruby>
hyou go ken

㉘
<ruby>滋<rt>し</rt></ruby><ruby>賀<rt>が</rt></ruby><ruby>県<rt>けん</rt></ruby>
si ga ken

㉙
<ruby>三<rt>み</rt></ruby><ruby>重<rt>え</rt></ruby><ruby>県<rt>けん</rt></ruby>
mi e ken

㉚
<ruby>和<rt>わ</rt></ruby><ruby>歌<rt>か</rt></ruby><ruby>山県<rt>やまけん</rt></ruby>
wa ka ya ma ken

㉛
<ruby>広島県<rt>ひろしまけん</rt></ruby>
hi ro si ma ken

㉜
<ruby>岡山県<rt>おかやまけん</rt></ruby>
o ka ya ma ken

㉝
<ruby>島<rt>しま</rt></ruby><ruby>根<rt>ね</rt></ruby><ruby>県<rt>けん</rt></ruby>
si ma ne ken

㉞
<ruby>鳥取県<rt>とっとりけん</rt></ruby>
to tto ri ken

㉟
<ruby>山口県<rt>やまぐちけん</rt></ruby>
ya ma gu chi ken

㊱
<ruby>徳島県<rt>とくしまけん</rt></ruby>
to ku si ma ken

㊲
<ruby>愛<rt>え</rt></ruby><ruby>媛<rt>ひめ</rt></ruby><ruby>県<rt>けん</rt></ruby>
e hi me ken

㊳
<ruby>香<rt>か</rt></ruby><ruby>川県<rt>がわけん</rt></ruby>
ka ga wa ken

㊴
<ruby>高<rt>こう</rt></ruby><ruby>知<rt>ち</rt></ruby><ruby>県<rt>けん</rt></ruby>
kou ti ken

㊵
<ruby>福岡県<rt>ふくおかけん</rt></ruby>
hu ku o ka ken

㊶
<ruby>佐<rt>さ</rt></ruby><ruby>賀<rt>が</rt></ruby><ruby>県<rt>けん</rt></ruby>
sa ga ken

㊷
<ruby>大分県<rt>おおいたけん</rt></ruby>
oo i ta ken

㊸
<ruby>長崎県<rt>ながさきけん</rt></ruby>
na ga sa ki ken

㊹
<ruby>熊本県<rt>くまもとけん</rt></ruby>
ku ma mo to ken

㊺
<ruby>宮崎県<rt>みやざきけん</rt></ruby>
mi ya za ki ken

㊻
<ruby>鹿<rt>か</rt></ruby><ruby>児<rt>ご</rt></ruby><ruby>島県<rt>しまけん</rt></ruby>
ka go si ma ken

㊼
<ruby>沖縄県<rt>おきなわけん</rt></ruby>
o ki na wa ken

旅遊日語 —— 自由行一本就足夠

作者
周萌

編輯
Sherry Chan

美術設計
Nora Chung

出版者
萬里機構 • 萬里書店
香港鰂魚涌英皇道1065號東達中心1305室
電話：2564 7511
傳真：2565 5539
電郵：info@wanlibk.com
網址：http://www.wanlibk.com
　　　http://www.facebook.com/wanlibk

發行者
香港聯合書刊物流有限公司
香港新界大埔汀麗路36號
中華商務印刷大廈3字樓
電話：2150 2100
傳真：2407 3062
電郵：info@suplogistics.com.hk

承印者
中華商務彩色印刷有限公司
香港新界大埔汀麗路36號

出版日期
二零一七年三月第一次印刷

版權所有 · 不准翻印
Copyright ©2017 Wan Li Book Co. Ltd.
Published in Hong Kong
ISBN 978-962-14-6298-5

本書原名《旅游日語·自由行一本就够（超实用便携版）》，本中文繁體字版本經原出版者華東理工大學出版社授權在香港出版並在香港、澳門及台灣地區發行。